"저기요, 내 마음 잘 도착했나요?"

당신의 편지

초판 1쇄 인쇄 2017년 10월 2일
초판 1쇄 발행 2017년 10월 6일

컬렉터 이인석
펴낸이 백유미

Publishing Dept.
CP 조영석 ǀ **Director** 김윤정 ǀ **Chief editor** 박혜연
Marketing 이원모 조아란 ǀ **Design** All Design Group

펴낸곳 라온북
주소 서울시 서초구 효령로 34길 4, 프린스효령빌딩 5F

등록 2009년 12월 1일 제 385-2009-000044호
전화 070-7600-8230 ǀ **팩스** 070-4754-2473
이메일 raonbook@raonbook.co.kr ǀ **홈페이지** www.raonbook.co.kr

값 14,300원
ISBN 979-11-5532-308-3(03810)

이 도서의 국립중앙도서관 출판시도서목록(CIP)은 서지정보유통지원시스템 홈페이지(http://seoji.
nl.go.kr)와 국가자료공동목록시스템(http://www.nl.go.kr/kolisnet)에서 이용하실 수 있습니다.
(CIP제어번호 : CIP2017023174)

라온북은 독자 여러분의 다양한 아이디어와 원고 투고를 설레는 마음으로 기다리고 있습니다.
머뭇거리지 말고 두드리세요. (raonbook@raonbook.co.kr)

붙잡고 싶었던 당신과의 그 모든 순간들

당신의 편지

이인석 모음

RAON
BOOK

그 흔하던 빨간 우체통이 이제는 보이지 않는다. 밤새 편지를
쓰고 곱게 접어 봉투에 넣고 우표를 붙이던 날들도, 혹시 우표가
떨어지지 않을까, 비가 오는데 편지가 젖지는 않을까 마음 졸이던
날들도 이제는 없다.

이 책은 사랑이 사랑에게 보낸 마음이 제대로 도착할 때까지
몇 사람의 손을 거쳐야 했던 그런 날들의 이야기다. 자전거를 타고,
차를 타고, 배를 타고 다시 차를 타고, 자전거를 타고서야 사랑이
사랑에게 도착했던 어떤 편지들의 이야기다.

서랍 속에, 상자 속에 보관되어 있었을 편지들, 과거가 그리울 때
한두 번쯤 조심스럽게 꺼내 읽었을 편지들. 과거로부터 천천히
다가왔을 감정들. 아마도 다시는 오지 않을 그 시절로 한 번쯤은
돌아가고 싶었으리라.

이 편지들은 수십 년 전의 과거에서 온 이야기들이다. 중동 파견,

베트남 전쟁 등 굵직한 역사 속을 산 평범한 사람들의 이야기.

이를테면, 이런 것들.

"7월 17일날 7월분 급여명세서를 받고 56,000원 찾았어요.

당신한테 미안하지만 5월 11일에 30,000원 이자 냈고 절약해서

쓰지만 모자라 2,000원 더 냈어요. 56,000원에서 30,000원 갚고

남은 거 가지고 한 달 쓸까 합니다."

"이번 1월분 수장을 받아 55달러를 집으로 송금을 하겠습니다. 말

듣기엔 2월 20일쯤 집에서 받아볼 수 있을 거라고 합니다. 그때

우체국에 가서 찾으세요. 그래서 진유 입학금으로 사용하세요."

요즘은 사랑이나 그리움을 대개 직접적으로 표현하지만, 편지에
담긴 예전의 표현들은 아날로그의 감정들이다.
"미연 양, 지금은 밤이군요. 라디오에서 한밤의 멜로디가
흘러나오고 있군요. 경음악이 더욱 고국을 연상하는 것 같구려.
미연 양은 지금쯤 포근한 침실에서 아름다운 꿈을 꾸고
계시겠지요. 고국은 지금쯤 낙엽이 떨어지는 가을도 자취를 감추고
낙엽이 뒹구는 겨울이 왔을 줄 믿습니다."
1969년 11월 24일, 베트남에서 사랑하는 사람에게 보낸 편지의
한 구절이다. 사랑은 가끔 라디오 주파수를 찾듯, 그렇게 먼 길을
에둘러 간다.

한 시대를 힘들게 통과한 작고 작은 이야기들이 이 편지들에는

담겨 있다.

이 작은 이야기들은 우리의 이야기, 어머니, 아버지의 이야기인데,

우리는 더러 잊고 지낸다.

그곳으로부터 우리는 왔다.

이 편지들은 우리가 우리에게 수십 년 전에 보낸 이야기들이다.

그동안 잘 살아왔느냐고, 무사히 거기까지 갔냐고.

목차

프롤로그   04

부부 편지

은주 아빠와 은주 엄마   16

1년은 견딜 수 있다는 확신을 얻었소

약 한 첩 못해드린 게 제일 거슬린다오

몸속에 그 애를 위하여 기력을
다하기 바라오

아빠! 돈에 너무 얽매여 사시지 마세요

보고 싶어 어느 때는 밤잠을
설칠 때가 있구려

당신 아내 그렇게 몹쓸 여자로
보지 마세요

반드시 아들이어야 한다는 신념은
버리고

매일같이 한 번씩 당신 모습이
담겨 있는 앨범을 펴보곤 하지요

강이 엄마가 강이 아빠에게   46

너무 너무나 당신을 기다리고 있는
세 식구가

꿈속에 생생하게 돌아오신 모습을
보다가 깨어나니

이상수가 차동순에게   55

형님이 논을 사시겠다고 하니
꼭 사주시오

새해부터는 절대로 편지에
기분 나쁜 말을 쓰지 않겠소

은정 엄마가 은정 아빠에게   63

당신께서 어떤 의사로
송금을 하지 않으셨더군요

성백용이 송제인에게   66

Forever with you

연애 편지

허임구가 허항자에게   72

고국의 가을바람이 봉투 속에
들었던가 보지?

66. 8. 10. 부산항 제3부두

기분이 좋을 땐 항상 웃지만

호박이라고 산 게 수박이라나?

이상석이 차은숙에게   86

겉봉투를 보니 초면이더군요

그 아가씨 누구냐고 하기에 동생이라고
하였지

신원미상자가 김영란에게 94

참으로 많은 비가 내렸던 가을인 것
같아요

김순심이 김현수에게 96

여기는 보리랑 유채 거둬들이기에
여념이 없어요

전인진이 조선일보 편집실에 100

모든 욕망을 보유하고 모든 꿈을
버려둔 채

김용옥이 전경수에게 102

여인에게서 편지를 받아본 적은
처음이었습니다

이내호가 조현숙에게 105

당돌한 병사가 인사드립니다

이본새가 소현숙에게 107

내 마음의 등불이 되어주셨으면 합니다

백준식이 김영애에게 110

나에게 편지해주지 않겠어요?

이희웅이 유미연에게 113

충청도 아가씨들은 경상도 머스마를
좋아한다고요

미옥이가 정진환에게 116

얼굴 모르는 아저씨께
고국의 어느 한 여성이

딘(Dean)이 토미(Tommy)에게 119

내 이름도 어서 빨리 전역자 명단에
오르면 좋겠어

오늘이 무슨 날인지 알지?
7월 4일, 미국 독립기념일이잖아

화가 난 멍청한 사람들과
다시 함께해야 해

부
모
자
식

편
지

길형남이 부모님에게 136

이미 약한 이 몸이 조금이라도
이 나라에 도움이 되려

정규가 부모님에게 140

가을 수확은 어떻게 되시었는지요?

목차

정진환이 부모님에게 _143_

저에 대해선 아무 염려 하지 마실길

이역만리 월남에 와서 서로 만나니
정말로 반갑고

내일이면 부대를 출발하여 귀국선을
탄답니다

차성학이 부모님에게 _152_

휴전이 가까워오고 있기 때문에

윤이중이 부모님에게 _154_

형 결혼 이야기는 어떻게 된 것이죠?

장인, 장모가 정재동에게 _157_

산달이 다가온다고 걱정도 말게

요번만은 아들을 낳았으면 오죽
좋겠냐마는

하경희가 송재환, 송재윤에게 _161_

우리나라가 참 아름답다고 생각했다

친지 편지

이완수가 이농수에게 _166_

분주하고 경박한 품성들에 물들지
않기를

그 태양 광명을 비추는 그날들

공성남이 한태석에게 _176_

무엇 때문에 월남에까지 와서 피를
흘리면서 싸워야 하는지?

임준식이 정재동에게 _178_

나조차 소식 띄우지 않는다고 오해를
많이 했겠지

한 해를 뒤돌아보니 허무감만 남고

성호가 아저씨에게 _184_

쭉 뻗은 야자수, 먹음직스런 바나나

강치원이 강준원에게 _186_

못난 동생은 형님이 늘 아껴주시는
덕으로

김기성이 강준원에게 _188_

순자 반지를 여기서 사서 보내주려고

나이 어린 기성이한테 와서 귀염도
못 받고

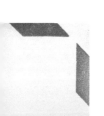

동수가 김영자에게   194

무좀 님은 약간 해선 달아나지도
않는데

짐승 아닌 내가 사람을 많이 죽였으니

태준 오빠가 남순에게   199

놀 때보다 쉴 때가 지루하다

고진원이 곽준섭에게   201

이 밤만 지새우면 또 전투장으로 가야
하는 몸

조카가 박기천에게   204

소복이 쌓인 하얀 눈이 아파트
앞마당에서 빛나고

노덕래가 이장님에게   206

'달라'를 획득하는 데 전력을 기울이며

친
구

편
지

김기식과 조병익   212

고국에 나의 메아리

그들은 벙어리였어

이종옥이 조돈민에게   219

망망대해에 달은 밝게 비추고

이곳에선 봉투가 쌓이는 것이
제일 큰 자랑거리

권태성이 전표열에게   224

무던히도 쏟아지는 빗발을 보며

근수가 벗에게   226

죽으나 사나 세월아 구보로 가라

갑중이가 석현에게   229

낮에 포경수술을 하러 들어왔거든

도창환이 원상에게   232

행복! 멀리서만 있는 걸까

오석훈이 이경진에게   235

자네 아버님이 작고하셨단 소식을 듣고

권상수가 김OO에게   237

우리 마누라 봤니?

에필로그   240

부부

편지

당신과 나의 거리는
비행기를 타고 스물다섯 시간.

남편이 아내에게, 아내가 남편에게 보낸 그리움은 그보다는 빠른

속도였겠지만, 사막으로 오고가는 편지는 낙타처럼 느리게 도착했다.

"25일과 31일에 보내신 편지를 8일에 받았습니다."

이 답변이 도착할 때까지, 느린 만큼 사랑도 그리움도 커진다.

그래서 편지에 담긴 말들의 무게는 가볍지 않다.

편지에 담긴 미운 마음조차
가는 동안에 누그러지고,

편지에 담긴 미안한 마음은
가는 동안에 깊어진다.

"서울 진흥기금에 편지해서 출국확인서 찾아다 중대 본부에 주었는지."
"당신 편지에 막사 밖에서 일하신다고 쓰여 있던데,
뜨거운 태양 아래서 일하시는 건가요?"
"사막지대라 선글라스도 필요하실 텐데 하나 가지고 가지 않아서
어떻게 하는지."
"여보, 왜 할 말이 없겠소. 숱하게 많은 할 이야기를 이제 숙연히
지난 일 년간의 일을 하나하나 돌이켜 정리하고 있다고."
사랑한다는 말보다 더 애틋했던 부부의 편지들.
가난했지만, 그 사막을 건너는 동안에도 서로를 바라보며
견디게 했던 아름다운 편지들.

은주 아빠와 은주 엄마

1년은 견딜 수 있다는
확신을 얻었소

🕰 은주 엄마에게

여보, 이 편지 무척 기다렸지?

김포를 떠나 이곳 쿠웨이트 파이라카*까지는 장장 25시간이 걸려서
도착했네. 그간 어머님 모시고 은주, 은희와 지내느라 고생이 되었
겠군. 그럼 아빠**가 이곳에서 보고 느낀 것 몇 가지만 전해보겠소.
중동이란 말만 듣던 곳에 와보니 과연 고국과는 상상도 할 수 없을
만큼 무더운 날씨더군. 쿠웨이트에 도착해 처음 비행기에서 내리니
45도 정도가 되어 모두들 아연실색할 정도로 얼굴이 금세 빨개지고
속옷에 땀이 배어 움직일 때마다 몸에 쩍쩍 붙더군. 여권수속 때문

* 쿠웨이트 동부에 위치한 섬으로 70년대 우리나라 가장들이 숱하게 파견된 곳 가운데 하나
** 80년대까지만 해도 아이가 있는 가정에서 아내가 남편을 '아빠'라고 부르는 일이 흔했다

에 공항 대합실에서 약 한 시간 정도 있으니 금세 땀은 마르나 갈증이 심하더군. 다시 공항에서 이곳 파이라카 현장까지는 배로 두 시간 정도 걸리더군.

배를 타고 올 때는 기분이 상쾌하더군. 덥지도 않고 춥지도 않고. 그때 시간이 이곳 시간 7시. 대전 시간은 18일 새벽 1시. 그 시간은 이미 해가 지고 어둠이 깔리는 초저녁. 저녁을 먹고 침구를 배정받고 막사를 배정받았다오. 식사는 보리 하나 없는 쌀밥을 마음대로 먹을 수 있고 반찬은 항상 다르더군. 잡채, 소고기, 닭고기, 콩나물, 김치, 고춧가루, 된장국 등등 집에서 못 먹어본 음식도 많고 주로 한국식으로 주기 때문에 식사는 불편이 없고 다음은 잠자리인데 잠자리도 스펀지 요 한 개, 두꺼운 담요 두 개를 주고 각자 옷장이 있고 실내엔 에어컨이 되어 있어 춥지도 덥지도 않은 적합한 생활이오. 이곳은 물도 풍부해서 목욕도 마음대로 할 수 있고 빨래도 할 수 있소. 집에서 가지고 온 세숫비누도 잘 들더군.

그럼 이곳 기후를 전해주지. 다음 날인 18일 새벽 5시 기상하여 식사를 끝내고 작업장엔 5시 30분에 도착해야 6시부터 일에 들어간다오. 아침에 일어나니 우리나라 아침보다 약간 덥더군. 아침부터 덥지는 않고 해만 뜨면 기온이 올라가더군. 6시부터 11시까지 다섯 시

간이 오전 작업인데 중참으로 빵 한 개씩을 주더군. 오전엔 8시부터 기온이 올라 35도 정도이니까 땀이 많이 나고 그러니까 물이 많이 먹히더군. 물은 항상 마음대로 먹을 수 있게 큰 통에 차로 수시로 나르더군.

작업장은 실내가 아니고 밖이라네. 11시부터 세 시간 동안 점심시간. 이때가 50도 가까이 되니까 모두들 목욕하고 막사에서 1시 반까지 잠을 자더군. 안엔 시원하고 밖엔 덥고 낮에 잠을 안 자면 수면이 부족하고 땀이 많이 흘러서 몸에 좋지 않은 것 같더군. 오후엔 덥지만 3시만 넘으면 시원해지니까 그리 고통은 심하지 않고 먹는 것을 잘 먹고 휴식을 충분히 취하니까 건강엔 아무런 지장이 없군. 이곳은 해만 뜨면 30도이고 11시부터 3시까지는 45도~50도 정도가 된다는 것만 아시오. 이곳 물은 생수가 아니고 바닷물을 끓여서 염분을 없애고 증기로 증수해서 냉동해서 먹기 때문에 아무리 먹어도 배탈이나 설사가 없는 것이 특징이랍니다.

여보, 이곳 날씨는 덥기는 하지만 내가 충분히 1년은 견딜 수 있다는 확신을 얻었소. 아무 염려 말고 1년만 참고 애들하고 고생 좀 해주시오.

그리고 편지는 될 수 있는 대로 자주 보내고 내가 보내는 편지는 모아놓고 겉봉엔 날짜를 적어 보관하시오. 그리고 겉봉은 그대로 쓰면 되오. 약은 아직 이곳에 와선 아무것도 먹지 않았고 몸도 정상이오. 그리고 술은 구경도 못하고 쉬는 날은 매주 금요일이오. 이곳 아침 6시면 그곳은 낮 12시니까 그리 아시오.

그리고 집안에 있는 여러 사람들한테 안부 전해주고 다음에 소식 전해준다고 말하시오. 여러 사람들에게 일일이 안부 전할 테니 그리 알고.

당신 요즘 몸은 어떨지 궁금하구면. 당신 몸은 당신이 알아서 아프면 약 사 먹고 먹고 싶은 것 있으면 사 먹고, 아무튼 다른 일은 두 번째이고 몸을 소중히 하길 바라오.

할 말이 많지만 당신 생각나는 대로 편지를 쓸 테니 그리알고 오늘은 이만 줄이오.

은주 공부 너무 신경 쓰지 말고. 주소는 아래 같이 쓰면 되오.

(1978. 5월 추정)

여보, 이곳 날씨는 덥기는 하지만
내가 충분히 1년은 견딜 수 있다는 확신을 얻었소.
아무 염려 말고 1년만 참고 애들하고 고생 좀 해주시오.

약 한 첩
못해드린 게

제일
거슬린다오

🕐 은주 아빠께

몹시도 기다리던 당신 편지 오늘 받고 이렇게 펜을 들고 보니 무슨
말을 써야 하는지…….

지난 5월 16일날 출국하실 때 당신 비행기 타고 떠나시는 것 못 보아
섭섭했는데 22일날 비행기 안에서 쓰신 편지 받고 궁금했었다오.

오늘 당신 편지 읽고 제일 반가웠던 것은 몸 건강히 계실 만하시다
는 것. 그것보다 더 반가운 게 없군요. 여기 대전도 어머님으로부터
은희까지 잘 있어요. 은주 공부도 그런대로 따라가니까 염려 마시
고 저도 당신과 같이 있을 때보다 많이 좋아졌어요. 저보다도 당신
건강 조심하셔야 해요. 당신 떠나시기 전에 약 한 첩 못 해드린 게
저로서는 제일 거슬린다오.

당신 떠나실 때 하신 말씀 잊지는 않으셨겠죠. 고국에 오실 때는 갈
비씨 좀 면해 살 좀 찌시겠다고. 꼭 이행하셔야 돼요.

그리고 당신 가신 뒤 이란 최 선생님한테서 편지 왔었어요. 해외 나
갈 때 필요한 필수품 몇 가지 적으셨더군요.

5월 17일날 당신 계원 계장님과 목공소하는 한 선생님, 그리고 잘
모르는 한 분 이렇게 세 분이 당신 잘 떠나셨냐고 오셨더군요.

여보, 이렇게 쓰다간 날 샐까 봐 오늘은 여기서 안녕해야겠어요.

그럼 부디 몸 건강하시고 다음에 또…….

안~녕.

1978. 5. 26.

고국 땅 대전서 은주 엄마가

몸속에 그 애를 위하여
기력을 다하기 바라오

🕰 은주 엄마에게

그동안도 어머님 모시고 은주, 은희와 함께 무사히 지
내고 있겠지? 지금쯤 고국도 무척 덥겠군. 아빠는 이
곳에 온 지 일주일 되었고 이곳 생활도 점점 익숙해
지고 있소.

먼저 식사 이야기부터 전해주지. 아침엔 항상 소고기
나 양고기 두 가지 국에다 밥 말아서 주는데 계란 한
개가 따라오고 그것이 국밥. 식구가 5백여 명이 넘기
때문에 아침엔 여러 가지 찬을 만들 수 없어서 그런
모양인 것 같더군. 아침식사는 이곳 시간으로 5시부
터 5시 30분까지 마쳐야 된다네.

이곳 5시면 그곳은 낮 11시. 4시 40분경이면 환히 날
이 밝고 6시면 해가 중천. 아침 기온은 20도 정도라서

일하기 좋은 온도지. 점심엔 하루하루 반찬이 다르네. 닭튀김, 잡채, 소고기, 양고기, 김치나물, 오뎅, 오이김치. 그밖에도 다마네기장아찌, 마늘장아찌 여러 가지가 있고 국은 꼭 나오는데 된장국, 콩나물국, 김칫국, 계란국, 소고깃국, 양고깃국 여러 가지가 매일 번갈아 나온다오. 저녁에도 그런 식인데 점심에 안 먹던 것으로 바꿔서 준다오.

그리고 김치는 양배추를 무쳐서 항상 밥상에 따라다니고 매주 목요일과 토요일엔 귤과 바나나 같은 과일도 준다오.

그런데 아빠는 식성이 변해기고 있는 듯히오. 물론 술을 안 먹어서 그런 탓도 있겠지만 이곳에 온 날부터 밥맛도 좋고 반찬도 모두 입에 맞아 식사 때마다 내 양껏 밥을 퍼서 먹으니 속도 편하고 소화도 아주 잘

되오. 그리고 일은 그리 고되진 않지만 기온이 높은 까닭에 아무리 잘 먹어도 몸이 약해질 줄 알았는데 아빠는 몸이 점점 불어나는 것 같소. 팔목에 시곗줄이 집에선 뱅뱅 돌았는데 지금은 딱 맞고 얼굴도 많이 좋아졌다오. 집에서 가져온 약은 아직 소화제 한 봉 안 먹고 피부약만 조금 썼소. 햇볕에 그을려 팔과 목이 쓰려서 며칠 발랐더니 지금은 괜찮고 모든 것이 정상이오. 며칠 후에 사진 찍어서 부쳐줄 테니 그리 아시오.

그리고 이곳 일하는 실정을 전해주겠소. 5월달은 얼마가 될지 모르지만 아마도 얼마 안 될 거요. 6월 10일경에 대전 외환은행에 가서 찾아보고 내게 전해주고. 재형저축 3만 원 국민저축 4,500원 의료보험 1,650원 그리고 가불 20디나(우리나라 돈으로 3만 3천

어머님 담배는 수시로 사다 드리고
편찮으면 약도 좀 드리도록 당신이 신경을 써주오.

그리고 당신도 여름철에 구미 당기는 대로
먹고 싶은 것 있으면 사다 먹고 항시 마음을 튼튼히 먹고
내 몸과 몸속에 그 애를 위하여 기력을 다하기 바라오.

원 정도) 이렇게 매월 집에서 돈을 찾기 전에 떼고 송금되오. 재형저축이나 국민저축은 귀국해서 찾는 돈이고 의료보험은 찾지 못하오. 그리고 가불은 이곳에서 쓸 것 쓰고 나머지는 귀국 시 무슨 물건이든 사갈 수 있는 저축금이니 그리 알고, 6월 10일경은 옷값, 신값이 제외되니 그리 알. 그 돈이 옷값 8,400원 신값 9,200원 합계 17,600원과 재형저축 국민저축 34,500원 모두 52,100원 정도 떼고 7월 달은 다시 5월 달 보름치 가불과 저축금 여러 가지를 떼니 7월까지는 돈이 얼마 안 갈 것이오. 그리 알고, 8월부터 정상적인 급료가 되는데 하루에 9시간 근무하면 회사에서 5시간을 더 붙여주고 야근을 하면 3시간 작업에 6시간을 추가 또 되니 3개월 후면 매월 28만 원 수입에 찾을 수 있는 돈은 22만여 원 될 것 같소. 그때까지만

집에서 복잡하면 딴 곳에서 융통하더라도 너무 아끼지 말고 쓸 때는 쓰기 바라오.

그리고 은주는 학교에 나가고 있는지? 공부 못하는 것 할 수 없고 철이 들면 좀 나아지겠지. 너무 신경 쓰지 말고.

어머님 담배는 수시로 사다 드리고 편찮으면 약도 좀 드리도록 당신이 신경을 써주오.

그리고 당신도 여름철에 구미 당기는 대로 먹고 싶은 것 있으면 사다 먹고 항시 마음을 튼튼히 먹고 내 몸과 몸속에 그 애를 위하여 기력을 다하기 바라오.

그럼 다음에 또 전하고 편지는 자주 당신이 하고 싶은 말을 생각나는 대로 수시로 보내주오.

그럼, 잘 있소.

1978. 5. 25. 밤 9시

당신을 생각하며 아빠가

아빠!
돈에 너무 얽매여 사시지 마세요

🕰 은주 아빠께

농부의 애간장 태우는 빗줄기는 어디로 갔는지 오지 않고 한나절에 태양은 31도를 오르내리는 고국 땅에서, 타국 땅 파이라카 열대지방에서 오늘도 우리들의 보금자리를 위해 열심히 뛰고 있을 아빠께 감사드리며 인사 전해요. 건강히 잘 지내시는지요?

아빠! 돈에 너무 얽매여 사시지 마세요.

사람 나고 돈 나왔지 돈 나고 사람 나지 않았다고 텔레비전서 그러더군요. 한낱 유람이라고 생각하세요. 유람치고 고달프시기는 하시만. 인간이 세상을 살아가는 동안 생활의 지배를 받으며 삶을 영위한다지만 그렇게까지……. 아빠, 여기 걱정 조금도 하지 마셔요. 1년쯤이야 꿋꿋이 살 수 있어요. 세월이란 유수와 같다잖아요. 78년 6월은 결혼 7년 만에 처음으로 당신과 같이 많이 다니던 달 같군요. 6월 15일은 더더욱 못 잊을 거랍니다. 발이 부르트도록 따라다녔으니 말예요. 그날 지금 생각해도 신기해. 입으로 들어가는 음식은 다 싫은데 그날만은 당신이 사주는 대로 다 먹고 다녔으니. 그것은 당신의 따뜻한 정이었나봐요. 김포공항서 집에 도착하니 9시더군요. 형부도 같이 오셔서 주무시고 출국확인서 부쳐달라고 편지 써놓고 가셨다오.

그것도 미처 우체국에 못 가 22일날 부쳤더니 오늘 왔군요. 당장 갖다 냈어요.

22일날 적금 101,720원 타서 줄 사람들 다 갚고 공장 곗돈도 남겨놓았어요.

당신 편지에 막사 밖에서 일하신다고 쓰여 있던데, 뜨거운 태양 아래서 일하시는 건가요? 주로 무슨 일을 하시는지?

여기 대전 30도만 되어도 덥다고들 그늘 찾는데 상상도 못할 45~50도까지 올라가는 타국 땅에서 고생하시는 것 생각하면 더워서 선

풍기는 켜지만 당신한테 미안한 생각이 든다오.

저녁에 모기는 없는지요? 같이 하시는 동료들도 많을 테죠. 동료들

한테 약점 잡히지 마세요. 열대지방이라 땀을 많이 흘리시니까 깨

끗이 하세요. 가지고 가신 필수품 다 맞게 쓰시는지. 부족하고 필요

한 것 있으시면 편지 하세요. 부쳐드릴게요. 약 쓰실 때도 사용법을

보시고 잘 쓰세요. 사막대지라 선글라스도 필요하실 텐데 하나 가

지고 가지 않아서 어떻게 하는지?

여기 고국에도 아직 충분한 비가 오지 않아 한해가 심해 모든 물가

가 오르기만 합니다.

그럼 오늘은 여기서 이만하고 또…….

머나먼 타국 땅 외로운 곳에서 당신 하시는 일 잘 되시기를 빌며,

안녕.

1978. 5. 29.

대전서 은주 엄마

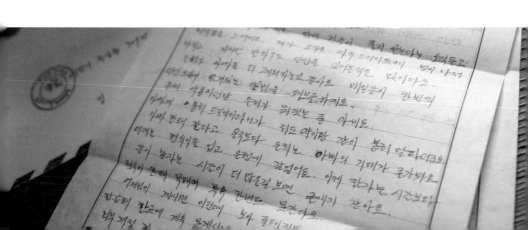

보고 싶어
어느 때는

밤잠을 설칠 때가 있구려

🕰 당신에게

그동안도 어머님 모시고 애들과 지내기 고생이 많겠구려.

아빠는 이곳에 온 지도 몇 주가 지나니 이젠 이곳 실정이나 생활 등을 잘 이해할 수 있어서 일을 하거나 식사를 하거나 잠을 자는 데까지 몸에 맞도록 생활할 수 있어서 그리 큰 염려는 안 되오. 다만 당신과 은주, 은희가 보고 싶어 어느 때는 밤잠을 설칠 때가 있구려.

기온은 지금부터 서서히 높아가고 있지만 점심시간이 네 시간이기 때문에 오전의 피로는 점심 먹고 한숨 푹 자면 몸이 거뜬하니까 오후에 일하는 데 피곤한 줄 모른다오. 작업 시간은 6월 1일부터 변경되어 아침 5시 30분부터 11시까지, 점심시간은 11시부터 3시까지, 오후엔 3시부터 6시 30분까지 이렇게 아홉 시간을 일하고 야근은 7시부터 9시까지 두 시간이오. 일이 힘들지는 않지만 지루한 너위 때문에 가끔 신경질이 나고 땀에 지치면 짜증도 나지만 다른 사람들에겐 말없이 지내고 있다오.

여보, 아빠야 이역만리 타국 구경도 하고 돈도 벌려고 왔지만 당신은 시집 와서 처음으로 아빠하고 떨어져 살아서 고통이 많지. 그리고 지금쯤은 몸도 많이 불었겠군. 몸 생각해서 많이 먹고 될 수 있는 대로 빨래 같은 것은 어머니와 같이 하고 어려운 일은 하지 마오.

그리고 은주, 은희는 아빠 찾지 않는지 모르겠군. 보고 싶구먼.

서울 진흥기업에 편지해서 출국확인서 찾다가 중대 본부에 주었는지? 천안으로 편지 보냈는지? 천안으로는 당신이 편지 안 해도 이곳에서 할 테니 할 것 없고, 아빠한테 틈나는 대로 자주 보내주고 편지 속에 20원짜리 우표를 열 장씩 나누어서 세 번만 보내요(30장). 귀국하는 인편으로 보내면 빨리 가기 때문이오. 그리고 6월 10일경에 은행에 다녀와서 아빠한테 속히 소식 전해주고 돈 찾은 통장 잘 확인하며 받아 오도록.

여름철에 몸 조심하고, 당신 몸속에 그 놈이 튼튼하게 자라도록 신경을 많이 써서 내년 이맘때 돌아가면 아빠가 고마워서 많이 안아주고 사랑해주리다.

그럼 오늘도 이만 줄이고 며칠 후에 또 전하지.

1978. 6. 5. 월요일

사랑하는 영순 씨에게

아빠가

당신 아내
그렇게 몹쓸 여자로
보지 마세요

🕰 아빠께

당신이 열 번째 보낸 편지 7월 18일에 받고 이렇게 펜은 들었지만 잔뜩 화가 나 있을 당신께 어떻게 사과해야 하며 큰 오해나 사지 않을까 두려운 생각이 드는군요.

지금쯤 어머님 가셨다고 당신 그 얼굴이 하얗게 노해 있을 것을 생각하면…… 출국을 얼마 앞두고 제가 어머니 안 모신다고 소주병 들고 저를 죽인다고 다가왔을 때 그 얼굴. 지금도 그때처럼 무서운 그 얼굴을 하고 있겠군요.

옆에 있었으면 따귀라도 한 대 올려붙였을 텐데. 제가 차라리 맞더라도 당신이 그 노여움을 풀었으면 하는데 그렇지 못하고 1년을 마음속에 새겨둔다면 앞으로 우리 가정에 불행을 초래하지 않을까 불안하군요.

여보! 핑계 없는 무덤이 어디 있느냐 하지만 누구
를 핑계하는 것도 아니요, 어머님이 가셨지 제가
보낸 것은 아니라오.

재동 씨 당신 아내 그렇게 몹쓸 여자로 보지 마세
요. 다만 어리석고 순진하게 세상을 살아온 탓일
까요. 아니면 남달리 말재주가 없어서 그렇다고나
할까요.

당신이 못 가게 했다고 무조건 어른 말을 거역하
면서 잡을 수는 없더군요. 그렇지 않아도 마음대로
갈 수도 없게 고집만 부리고 고집불통이라는데.

그리고 어머님이 아주 가신 것도 아니고 갑갑해서 가셨다가 또 오신다고 옷도 그냥 두고 가셨는데 그렇게까지 화내실 줄 몰랐어요.

어머님이 2월 17일날 오셔서 6월 23일날 가셨으니까 4개월 동안 궁금하시고 갑갑도 하셨겠죠. 당신 생각에는 어머님 시골 가시면 고된 일 하실까 봐 그러신 모양인데 역시 시골서 뼈가 굳어진 분이라 감옥 같은 이런 집에서 못 있나 봐요. 업어줄 손자라도 있고 여기저기 말동무라도 있으면 안 가셨을지도 모르죠. 병석이 할머니는 집에 잘 계시지도 않고 막내딸 용돈이라도 준다고 새벽에 일나가시면 밤중에 오시니까 울안에 말상대라야 젊은 여자들뿐.

방 안에서 우두커니 세월을 보내는 것보다 할 수 있는 데까지 노력하며 움직이는 게 마음도 젊어지고 사는 보람도 있지 않을까요.

이 편지 받고도 화가 풀리지 않으면 은주 방학 때니까 제가 당진 가서 억지로라도 모시고 오지요.

외할머니 댁엔 가지 않기로 했어요. 집 비워두고 갈 수는 없지 않겠어요. 당신 없다고 제가 마음대로 다니는 줄 신경이 가시나 본데 7년 동안 같이 살아오면서 제 성격도 모르세요?

나들이 갈 곳도 없어요. 아는 사람이 이웃뿐이니까요. 시간도 없고, 오후만 되면 은주와 같이 공부해야 하니까.

당신 오시기 전에 그동안 못했던 것, 이불 손질, 여자가 집에서 조용히 할 수 있는 것 해가며 당신을 기다리고 있는데 당신 편지 받고 보니 섭섭하군요.

충격 받으신 마음 너그러이 푸세요. 어머님이 가셨다고 편지 하지 말라고 나한테 일러두고 가셨는데 당신을 위해 어머니 가셨다고 편지하지 말걸 잘못했죠. 괜히 당신 신경 쓰게 해서 미안합니다. 입맛까지 잃으시지나 않나 걱정이 되는군요.

7월 17일날 7월분 급여명세서 받고 56,000원 찾았어요. 당신한테 미안하지만 6월 11일날 30,000원 이자 냈고 절약해서 쓰지만 모자라 2,000원 더 냈어요.

56,000원에서 3만 원 갚고 남은 거 가지고 한 달 쓸까 합니다. 당신은 가불한 것 가지고 한 달 쓰시겠어요? 위장약도 잡수셔야 한다면서. 영양제도 당신한테 맞는 것 있으면 잡숫도록 하세요. 몸이 약하면 피로도 빨리 오고 생활이 무능해지니까요.

여행준비금이 무엇인지 그것도 매달 떼는 것인가요?

김천 돈 이자와 같이 주라는 당신 말 못 들었어요. 7월달 것은 아직 안 주었으니까 다음 달 같이 주겠어요.

그럼 당신 편지 기다리며 6월분 급여명세서 같이 부치리다.

항상 건강하시기를 빌며……. 안녕히 계세요.

1978. 7. 19.

은주 엄마

반드시 아들이어야 한다는
신념은 버리고

🕰 당신에게

8월 11일 보내준 사연 잘 받았소. 그간 더위에 은주, 은희와 지내기 고생이 많았지? 앞으론 찬바람도 불고 하면 당신도 생활하기 괜찮겠지만 그동안 아빠 없는 여름 지내느라 지루했으리라 믿소.

이곳 쿠웨이트에도 요즈음 며칠 전부터 한낮을 제외하고는 아침저녁으로 선선한 바람이 불어서 생활하기 그리 곤욕은 느끼지 못하나 한낮엔 아직도 불볕 같은 열풍이 불고 여름이 계속되고 있다오.

아빠는 항상 건강관리에 신경을 써가며 생활하기에 아무 이상 없이 보내고 있소. 몸도 점점 좋은 현상을 보여서 혁대가 한 칸 위로 올라가고 있으며 담배는 여태껏 피우지 않고 앞으로도 계속 피우지 않을 결심이라오. 그리고 일도 매일매일 지루한 줄 모르고 같은 동료들과 협심하며 재미있는 생활 속에서 지내고 있다오. 집에서 당신과 생활할 때처럼 신경질적인 일이 차츰 없어지는 것 같다오. 매사를 이해하고 양보하며 우정으로 단체생활을 해야만 파탄이 없고 불만이 해소되기에 이런 단체생활에 적응이 되는 듯하구려.

4백여 명의 기능공들과 호흡을 같이하면서 1년을 뜻 있고 보람되게

보내고 내년에 당신과 상봉해선 어떠한 삶을 추구할 것인가를 항시 염두에 두며 이곳에서의 어떠한 고초라도 뛰어들어 이겨내고 해결해보고 있다오.

당신도 금년엔 고생이 되고 적적하겠지만 몸속에 또 하나의 우리들의 꿈이 소생하면 그 애와 함께 아빠를 기다려주구려. 반드시 아들이어야 한다는 신념은 버리고 순산하고 튼튼히 몸조리할 준비를 하기 바라오.

김천엔 다녀왔는지. 대구 동서한테서 소식이 왔었소. 그리고 매형 돈은 아빠가 매형한테 연락 좀 해보고 전해주겠소. 매형한테서 여태껏 편지 한 통 없으니 웬일인지 모르겠소. 9월엔 추석이 끼어서 돈 가지고 왕래하는 것 조심해야 될 텐데. 매형과 서신이 왕래되면 10월달에 찾아가도록 하겠소. 8월 말까지 연락이 없으면 당신께 소상히 전해주기로 하고 오늘은 이만 줄이오.

몸조심하고 편지 자주 보내요.

1978. 8. 17.

아빠가

매일같이 한 번씩
당신 모습이 담겨 있는 앨범을 펴보곤 하지요

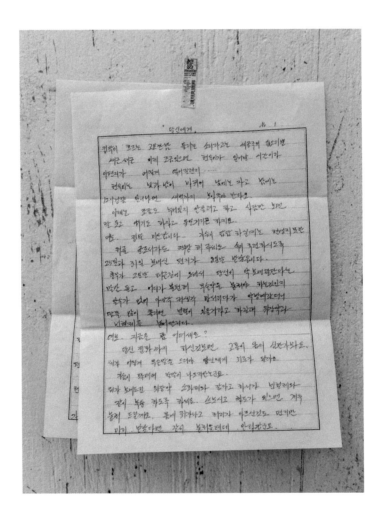

🕰 당신에게

적막이 흐르는 고요한 밤. 들리는 소리라고는 세 공주의 숨소리뿐.
쌔근쌔근. 이제 조금 있으면 현숙이가 일어날 시간이라 이 편지가
어떻게 엮어질는지…….

현숙이는 낮과 밤이 바뀌어 낮에는 자고 밤에는 12시경쯤 일어나면
새벽까지 봐줘야 한다오. 이제는 조금도 누워 있지 않으려고 하고
사람만 보면 잘 웃고 얘기도 하자고 웅얼거리곤 하지요.

여보, 정말 미안합니다. 가슴이 답답하실 때는 현명치 못한 저를 글
로 써서라도 책망해주세요. 속이 후련하시도록.

25일과 31일에 보내신 편지를 8일날 받았습니다. 총무가 2일날 퇴
근길에 오셔서 당신이 약 보내달란다는 말만 전해서, 어디가 불편
해 무슨 약을 부쳐야 하는 것인지 알 수가 없어 이 생각 저 생각 망
설이다가 약방*에 갔더니 땀을 많이 흘리면 빈혈이 있을 거라고 하
기에 위장약과 빈혈제를 부쳤답니다.

여보, 지금은 좀 어떠세요? 당신 전화까지 하신 것 보면 고통이 몹
시 심한가 봐요.

---

* 1953년 약종상 면허가 생긴 이래로 약방은 약을 팔 뿐 아니라 마을 사랑방 기능을 겸하는
경우가 많았다.

제가 어떻게 무슨 말을 드려야 당신에게 위로가 될까요. 가슴이 꽉 매여 할 말이 나오지 않는군요.

제가 보내드린 위장약, 소화제와 같다고 하니까 빈혈제와 같이 복용하도록 하세요. 써보시고 차도가 있으면 계속 부쳐드릴게요. 몸에 쥐가 나고 허리가 아프신 것도 편지만 미리 받았다면 같이 부쳤을 텐데 안타깝군요. 오늘 약방 가서 몸에 쥐나는 것 여쭤봤더니 약은 있지만 그 증상을 상세하게 알아야 한대요. 그러니까 어떻게 아프신지 자세하게 편지 주세요. 편지는 자주 드리지 못했지만 부탁하는 약만은 꼭꼭 부쳐드릴게요.

하루 속히 건강해지셔야지요. 당신 건강이 좋지 않다는 소식 듣고 죄책감을 느꼈어요. 제가 소식을 자주 드리지 못해 병이 나셨나 하고. 하지만 단 하루도 당신을 잊어본 적은 없었다오.

은희가 아빠를 더 그리워하는 것 같아요. 매일같이 한번씩 당신 모습이 담겨 있는 앨범을 펴보곤 하지요.

글쎄, 약 부치던 날 은희가 뭐라고 했는지 아세요. 아빠께 부쳐드릴 약이라니까 저도 약이랑 같이 부쳐달라더군요. 아빠한테 간다고. 은주보다 은희는 아빠한테 갖는 기대가 큰가 봐요.

어제는 현숙이를 업고 은행에 갔었어요. 이제 잠자는 시간보다 같이 놀자는 시간이 더 많은 걸 보면 큰 애기 같아요. 현숙이한테 꼭 매여 목욕 한 번도 못 간다오.

어머님이 계시면 이런 때 보아줄 테지만 어머님께서는 갑갑해 한곳에 계속 못 계시겠다면서 시골 가셨어요.

너무 걱정하지 마세요. 어머님은 건강하시고 잘 도착하셨다고 편지도 왔어요. 대전이 궁금하면 또 오신다고 했어요.

이번 가족사진도 어머님이 같이 못 찍게 되어 미안하군요. 현숙이 백일 때 찍어서 드릴게요. 그때까지 기다려주세요.

너무 조급한 생활 하시지 마시고 마음을 너그럽게 가져보세요. 노임명세서까지 신경 쓰지 마시고. 매월 잘 오고 있으니까요. 12월분은 178,260원 1월분은 178,541원. 몇 천 원 남겨놓고 다 찾았어요.

여보, 오늘은 여기서 안녕을 할까 봐요. 현숙이 젖 달라는 시간이군요. 당신의 계획이 저로 인해 허물어지지 않게끔 좋은 아내가 되고자 노력하면서 오시는 날까지 세 딸 데리고 당신의 무운을 빌고 또 빌며 살겠어요.

그럼 안녕히 계세요.

1979. 2. 10.

은주 엄마

추신 운봉 작은 형부 소식 아시는지요?

배 타러 가셨대요. 2년 후에 오신다더군요.

강이 엄마가 강이 아빠에게

너무 너무나
당신을 기다리고 있는
세 식구가

⏱ 아빠!

항상 주 안에서 당신의 사랑과 신앙이 성장되어
감을 감사합니다.

가을의 문턱에서 두꺼운 커튼을 내리고 이 글을
씁니다. 가스레인지 위에 끓고 있는 보리차 냄새,
식탁 위에 풍성한 잘 익은 밤과 포도가 이 밤에 아
빠를 더욱더 생각이 나게 하는군요.

밤늦도록 이 얘기 저 얘기 나누고 싶어요. 풍성한
이 가을밤에 더 간절한 마음, 더 많은 이야기를 편
지에 담고 싶다는 생각에 작은 글씨로 써나가고
있답니다.

아빠의 사랑이 담긴 팬티와 찬이의 필통(강이 것도) 잘 받았습니다. 공릉동에서 여기까지 반시간 정도를 들여서 가져오신 분(기사님 댁)을 정말 고맙게 여기지 않을 수가 없었어요. 아빠와 같은 고향분이라 좋을 것 같군요. 더구나 믿음의 선배여서 많은 도움이 되시리라 믿습니다.

아빠가 맡고 계신 공사를 주님이 함께해주실 것을 저희들은 확신하고 있답니다. 여기에 남아 있는 직원들의 부인들이 날마다 기도로 돕고 있는 한 주님의 위대한 역사가 계속되리라 믿습니다. 부디 나날의 생활 속에 성경 말씀을 멀리하지 마시고 항상 주님만 바라보고 "지혜가 부족하거든 구하라"고 기록된 약속을 따라 시시때때로, 순간순간을 주님께 의지하시길 진정 부탁드립니다.

오늘은 주택부금 9월분 57,766원을 납부하고 장성에 계신 어머님 용돈을 부친 후 82년도판 전화번호부*를 받아왔어요.

* 인터넷도 스마트폰도 없던 시절 검색포털 기능을 했다.

생즙이 좋다고 하기에 며칠 전부터 찬과 강이 공복 시에 당근과 사과 생즙을 반 컵 정도 먹이고 있어요. 오븐에 카스테라도 구워주니 좋아서 잘 먹네요. 역시 사람은 사랑을 먹고 사는가 봅니다. 엄마가 구운 빵이라고 맛있게 먹으며 날마다 해달라고 벌써 졸라대서 어제오늘 계속해서 구웠어요. 이대로 아빠 오실 때까지 계속하다간 선수가 되겠지요?

아빠! 다행히 영란이가 서울에 살아 일주일에 한두 번 와서 놀다 가고 4일 토요일에는 찬, 강이 데리고 이모 집에 가서 제랑(임 군)과 함께 뉴코아 구경도 했지요. 역시 찬이의 관심은 지난번 보내주신 전자게임판이었어요. 여기 시가 35,000원 불러서 깜짝 놀랐어요. 여러 종류가 있더군요. 찬이는 선수가 되어 3백 점을 넘어서고 강이는 백 점을 넘어 가장 낮은 점수라고 항상 놀림을 받네요. 스누피의 테니스는 친구가 와서 같이 놀다가 간 뒤에 보니 없어져서 강이가 얼마나 이야기를 하는지 웬만하면 다른 것 하나쯤 다시 보내주셨으면 합니다.

이번 토요일쯤에 윤 원장에게 진찰을 받아볼까 합니다. 아무런 이상은 없지만…… 강이가 오줌을 잘 싸는 버릇이 있어 좋은 처방이 있으면 고쳐야겠어요. 식생활 개선에 따라 쌀 1인분에 보리쌀 1인분을 섞어 매식**하고 있어요. 보리밥을 먹인 후 소화는 잘되나 방귀 소리에 세 식구가 웃고 말아요.

아빠, 사우디도 기온차가 심해지는 때인데 아빠의 건강에 특히 조심하시길 정말 바라옵나이다.

강이의 피아노 공부, 찬이의 태권도, 미술 등 모두 열심히 임하고 있어요. 오늘도 풀밭에서 잡아온 잠자리를 곤충채집 상자에 모으며 가을을 맞고 있답니다. 날마다 건강하게 지내는 두 꼬마. 주님의 은총에 감사할 뿐입니다.

새로운 한 주간도 주 안에서 승리하는 생활이 되시길 빌면서…….

너무 너무나 당신을 기다리고 있는 세 식구가.

1982. 9. 7. 밤

당신의 아내 드림

** 쌀 생산량이 부족하던 60~80년대에는 정부에서 쌀과 잡곡을 섞어 먹을 것을 장려했다.

아빠 몸 건강하세요.

나는 유지원에 잘 다니고 피아노도 26번 치고 있어요.

보고 싶어요. 빨리 오시면 좋겠어요.

아빠 나는 날마다 꿀을 먹고 있어요.

오빠도 먹어요.

- 유강이 올림 -

1982. 10. 30. 아침

꿈속에 생생하게
돌아오신 모습을 보다가
깨어나니

🕰️ 보고 싶은 당신에게

어젯밤 꿈속에 생생하게 돌아오신 모습을 보다가 깨어나니 아직 어두운 새벽이었어요. 갑자기 보고 싶은 생각에 왁 울음을 쏟고 기도를 하기 시작했다오. 당신과 만남의 시간을 빨리 갖게 해달라구요. 어린애처럼 막 조르다보니 나 자신이 얼마나 약한 존재인지 ……. 아마 주님이 보셨으면 껄껄 웃으셨겠지요. 한참 졸라대다가 저도 멋쩍어 당신을 위한 기도를 하고 성경을 읽었답니다.

남은 마지막 두 달. 캘린더를 바꿔 걸어놓고 지난 달의 후회보다는 남은 두 달을 정말 주님의 뜻대로 살아야겠다는 생각을 했습니다. 소파에 방석이 너무 낡아서 예쁜 방석으로 갈아놓고 새 화분대를 구입하여 바이올렛을 색색으로 정리하고 보니 새로운 분위기의 응접실이 되었군요.

까치밥을 곁들여 국화 몇 송이를 수반에 꽂아 한층 더 가을 냄새가 짙게 난답니다. 고구마도 순을 내어 새싹이 늘어져 보기에 좋으며 콩나물도 작은 병에 길러 순을 내어 살아 있는 생명체가 자라는 모습을 날마다 볼 때 생활에 큰 도움이 됩니다.

7월에 사다 놓은 네 마리의 금붕어는 다 죽고 한 마리가 남아 날마다 혼자서 지내고 있어요. 애들이 그게 엄마 거라나요? 유도화도 꽃망울이 맺혀 곧 또 필 것 같네요. 빨아놓은 식탁보를 손질해서 깔아놓고 작은 컵에 선녀화 두송이를 꽂아 당신을 맞이한 작년 11월의 설렘을 다시 한 번 혼자서 느껴본답니다.

내일부터 추위가 다시 시작된다기에 찬이 내복을 두 벌 사서 저녁 목욕 후 입히고, 예쁜 강이는 오빠의 헌 내의를 물려주었더니 좋아라고 입고 자네요.

오빠는 오늘 10월 말 일제평가에서 전체 중 네 개를 틀려와 만화책 한 권을 사주었더니 침대 위에서 읽고 있어요.

목욕 후 런닝과 팬티만 입고서 거울을 보니 너무 비대해져버린 듯한 느낌에 맨손체조를 좀 하고 이 글을 쓰고 있답니다. 목욕 후 가벼운 비누냄새는 아빠를 생각하기에 꼭 좋군요.

참! 최 과장님이 한 보름 전에 약혼을 하셨다는 걸 오늘에야 알았습니다. 지난 추석 때 전주 처녀 이야기를 잠깐 하시더니 결정했나 봅니다. 결혼은 12월 초에 예정이라는데……. 영란이는 광주에 내려가 있어 임 서방 혼자서 지내나 봅니다. 혼자 있는 저의 집에는 쑥스

러워 엉안이와 함께 아니면 오지 않아요.

아빠! 요즈음은 식구대로 식욕이 왕성한 편이어서 정량의 식사가 계속되고 있어요. 풍성한 과일이 간식이 되며 특히 귤을 좋아하는 찬, 홍시 감을 좋아하는 강. 각각 기호대로 찾지만 너무 싸서. 500원 어치만 사도 10개 정도이니까요. 아빠는 밤을 좋아하시는데.

찬과 강이의 밝은 표정은 정말 보기만 해도 즐겁답니다. 저 불그스레 달아오른 볼을 아빠는 무척 보고 싶으시겠지요. 강이는 내년 입학을 앞두고 한글 해독을 해야 할 텐데 열심이 적답니다. 그러나 야무진 면은 있어요. 겨우 어려운 받침을 제하고는 붙여서 읽지만 좀 더 노력해야겠어요. 오빠가 자기 목표는 노벨과학상이라고 으스대면 저는 피아니스트라고 대드는 것을 볼 때 웃고 말아요.

아빠도 함께 웃으셔요…….

안녕.

1982. 11. 2. 밤

아내 드림

찬과 강이의 밝은 표정은

정말 보기만 해도 즐겁답니다.

저 불그스레 달아오른 볼을

아빠는 무척 보고 싶으시겠지요.

당신의 편지 │ 부부 편지

이상수가 차동순에게

형님이
논을 사시겠다고 하니
꼭 사주시오

🕰 당신 보시오.

그동안 어머님 모시고 잘 있다 하니 반갑소. 아이들도
몸 건강히 잘 놀고 있다니 나의 마음은 기쁘오.
당신도 잘 있겠지요. 어머님 약 해주시고 있다니 잘
알겠소. 금일 당신이 보내준 편지 세 장 받았소. 당신
편지 역시 한꺼번에 세 통씩 도착하고 요즘은 자주
편지를 받고 있어요. 안당, 알렉산델 백일사진 잘 받
아서 매일 밤 보고 있지요.
당신 편지는 요즘 6일 만에 도착하고 군인부대 주소
로 보내준 편지도 잘 받고 있소. 회사 주소로 보내준
편지 역시 잘 도착하고 있어요. 당신은 회사 주소는
빨리 도착하고 군인 주소는 늦다 하지만 이곳 나의
사정상 할 수 없소. 내가 근무하고 있는 곳은 한국군
부대고 퀴논 시내는 약 50리 밖이니 퀴논 시내를 나
갈 수 없는 사정이라 회사 주소로 편지 자주 할 수 없
고 그래서 군인부대로 매일 편지하니 우표 값이 들지
않고 있소. 회사 주소로 편지 자주 할 수 없고 군인부
대로 자주하고 있소.

3월달 봉급 900불 송금했소. 찾으면 즉시 연락 바라오. 그리고 금일 형님한테 편지 왔지요. 형님이 논을 사시겠다고 하니 꼭 사주시오. 모든 것은 잘 알고 있소. 적금 희망 예금하고 정기예금 다 하고 큰돈은 없다고 생각하지만 당신이 잘 생각해서 꼭 논을 사주시오. 3,000평이라고요. 형님 역시 잘 생각하고 있지 않소. 돈이 약 50만 원 든다고요. 정기예금 하지 말고 이제부터는 3월달 봉급 900불 찾으면 적금 넣고 나머지 돈은 형님께 송금하시오. 약 20만 원 형님께 송금해주시오. 그리고 나머지 돈 30만 원은 4월 봉급 찾으면 20만 원 주고 5월 봉급 찾으면 10만 원 주시고 그러면 50만 원 돈이면 형님이 논을 살 수 있지요.

잘 생각해서 당신이 꼭 형님 논 사주시오. 형님께도 논을 사시라고 편지 연락했소. 그리고 당신이 형님한테 편지 연락해서 3월 봉급 내가 송금한 것 포함해서 4월 봉급까지 50만 원 돈을 마련해주면 학구 씨 논을 살 수 있는가 상의하라고 하시오. 현재 3월 봉급 900불 송금했으니 당신이 20만 원 정도는 형님께 보내줄 수 있지요. 나머지 돈은 4월 봉급 때 주기로 약속해보라고 연락하시오.

꼭 형님께 연락해서 학구 씨 논을 사주시오. 부탁이오.

그리고 내가 당신 편지를 받고 화가 나서 근무 연장했지요. 당신 성격상 내가 귀국하면 또 싸움만 할 것 같아서. 차라리 죽어도 살아도 월남 땅 있다가 2년 후 귀국할까 생각하고 당신께 연락도 하지 않고 연장했지요. 연장하고 보니 아이들이 보고 싶은 마음이 간절하고 눈앞이 깜깜하지요. 연장할 때 내가 회사 측에 서약서 쓰고 연장하기 때문에 취소는 곤란해요. 내가 할 수 있는 한 근무를 하고 귀국할 예정이오. 나는 아무리 생각해도 당신 성격상 또 싸움뿐이고 싸울 때마다 자식들이 불쌍하고 고생이오. 차라리 내가 귀국하지 않으면 당신 마음이 편하고 좋지 않겠소. 아무튼 잘 생각해서 있어요.

돈을 이곳으로 보내주고 당신이 또 도망한다고? 도망하는 것은 당신 성격상 할 수 없고, 싸움만 하면 도망가는 것은 당신 보통이지. 당신 성격이 변동되고 여자다운 성격을 갖겠다면 나도 생각할 여지가 있소. 전쟁터까지 온 남편에게 성질부리는 걸 보면 틀림없이 내가 귀국하면 또 싸울 것 같아서 서로 성격이 변함 있을 때까지 연장 근무하고 매월 송금만 보내주면 당신은 마음이 편하겠지요. 아무튼 당신 성격 결과를 연락해주오. 힘이 들지만 연장 취소를 해보겠소. 나 역시

오직 당신 성격을 생각하면 조금도 귀국할 생각 없어요.
당신은 다른 여자들처럼 아름답지 못한 여자 성격이라
차라리 내가 귀국하지 않으면 서로 행복할 것 같소.
자식들이 불쌍해서.

근무 연장을 하고 보니 어머님 생각, 자식 보고 싶은
생각이 들고 또 요즘 같이 최고 더운 때 연장하고 보
니 눈이 깜깜하고……. 오직 당신 성격을 생각하면 조
금도 귀국할 생각 없어요. 당신은 다른 여자들처럼 아
름답지 못한 여자 성격이라 차라리 내가 귀국하지 않
으면 서로 행복할 것 같소. 자식들이 불쌍해서. 아무
튼 당신 성격만 변해주고 여자다운 성격을 가진다면
내가 6월 30일 귀국할 용기도 있지만 그러지 않으면
안돼요. 거듭 부탁이오. 형님이 원하시는 논농사. 학
구 씨 논 사주시오.
확실한 평수와 금액을 알려주오. 3, 4월 봉급 찾아서
논 사주시오. 안녕.

1967. 4. 10.
나

새해부터는 절대로
편지에 기분 나쁜 말을
쓰지 않겠소

🕐 당신 보아요.

세월은 흘러 벌써 새해가 되어 그간 온 가족이 몸 성히 잘 있는지 궁금하오.

새해 온 가족이 몸 건강히 복 많이 받으오. 성탄카드 보낸 것 받았는지? 새해부터는 우리 가정에 행복과 화목 있기를 진심으로 성모님께 빌고 빌어요. 모든 것을 새해부터 잘하고 가정에 행복 있기를 바라오.

고국은 요즘 매우 춥지요. 추운 날씨에 아이들 몸 건강하도록 돌보고 감기에 적극 주의해요. 자주 편지해주시오.

11월달 봉급 1,000불 송금한 돈 찾았는지 궁금하오. 찾는 즉시 연락해주오. 또 12월달 봉급도 송금할 것이오. 당신 말대로 많이 송금할 것이오.

나의 귀국은 늦을 것이오. 금년 10월경 귀국할 예정이오. 10월이면 내가 월남에 와 생활한 지도 만 2년이 넘지요. 아무튼 귀국은 늦을 것이오. 계속 편지 자주 해주오.

새해부터는 절대로 편지에 기분 나쁜 말을 쓰지 않겠소.

당신도 잘 생각해서 할 것을 믿소. 이 편지와 사진 동봉하니 안당 보여주오. 새해가 되니 안당이 더욱 보고 싶소. 지금 안당은 잠을 자고 있는지, 텔레비전을 보고 있는지. 여러 가지 궁금하오.

돈을 절대로 낭비하지 말고 절약해요. 내가 꼭 당신께 전하고 싶은 것, 꼭 하고 싶은 말은 내가 귀국이 늦고 또 귀국을 늦추는 사정은 누구보다 잘 알겠지요. 우리는 성격상 서로 멀리 헤어져 있으면서 완전한 인간들이 되어야 같이 생활할 수 있고 행복한 가정을 갖출 수 있겠지요.

서로 잘못을 알고 오래오래 멀리 떨어져서 생활해봅시다.

그럼 몸 건강히 잘 있어요. 장위동 땅은 별고 없는지요.

자꾸 장위동 땅에 대해 관심 갖고 자주 가보시오.

새해 몸 건강과 아이들 몸 건강에 주의하고 가정 행복을 빌겠소.

1968. 1. 3.

나

추신 11월 봉급 찾는 즉시 연락해주오.

계속 편지 자주 해요. 12월 봉급 송금할 것이오.

귀국은 늦어요. 장위동 땅 자주 가보시오.

계속 자주 편지하시오. 동환이 문제는 이곳에서 할 수 없음.

당신께서
어떤 의사로

송금을 하지
않으셨더군요

🕰 받아보세요.

그간 안녕하신지요. 궁금하군요.

저번에 편지 받고 늦게야 답을 드려 죄송합니다.

이곳 부모님 양위분께옵서 안녕하시며 은정, 인용이도 잘 자라요.

은정이는 공부한다고 매일 공책 들고 열심이고 인용이는 딱지에 열

심인데, 둘이 싸워 탈입니다. 아빠가 보고 싶은데 왜 안 오시느냐고

묻지요.

여보, 현재 살고 있는 집이 3월 30일부터 헐리게 된대요. 늦어도 4월 10일까지라 요즈음 방을 보러 다니는데 어린이공원 쪽은 이사 방향이 안 된다고 하시고, 화곡동으로 집을 볼까 했는데 당신께서 오시면 그런 곳으로 가고 우선 내려앉기로 의논이 되었는데요.

집은 여러 군데 봤는데 전세금 많이 올라서요. 가게 낀 방이 있는 조그만 집으로 얻을까 했는데 안 되겠군요. 우선 가정집으로 얻어야 할 것 같은데 어떨지. 저는 당신 오시는 때까지 현재 일하는 곳에 다니기로 했는데, 방 얻기에 금액이 모자라요. 생활비며, 이번에 제가 놀기 때문에 곗돈 보험료 보험회사에서 10만 원 대부(한 달 이자 1,000원) …….

1월 월급이며 2월 월급까지 보태서 이사 생각을 했는데

당신께서 어떤 의사로 송금을 하지 않으셨더군요.

부친께서도 모친께서도 저의 집 금전 액수는 더 잘 아시니까요.

염려 마시고,

실수 없이 행동합니다.

1월 월급이며 2월 월급까지 보태서 이사 생각을 했는데 당신께서 어떤 의사로 송금을 하지 않으셨더군요. 부친께서도 모친께서도 저의 집 금전 액수는 더 잘 아시니까요. 염려 마시고, 실수 없이 행동합니다.

현재 90만 원은 은행에 있어요. 화숙 엄마, 원주 고모하고 의논 결과 전세금이 비싸니까 당신이 다음 달에 빨리 두 달 치 부쳐주시면 싼 집이라도 샀으면 하는데요.

저의 생각에는 너무 벅차군요. 우선 급한 것은 내려앉는 게…… 원주 고모가 며칠 안에 우리 집에 들르기로 했어요. 돈이 되면 집을 살까 하고요. 다음에 결정 나면 소식드리고 타국 생활 건강하시기를 빌면서 이만 줄입니다.

1977. 3. 9.
은정 엄마 드림

Forever with you

from
성백용이
송제인에게

🕐 당신 편지 잘 받아보고 있다오.

편지하지 않는다고 무척 실망하겠지.

여보, 왜 할 말이 없겠소.

숱하게 많은 할 이야기를 이제 숙연히 지난 1년간의 일을 하나하나

돌이켜 정리하고 있다오.

하고팠던 일, 했어야 했던 일, 힘들었던 일. 모두 나에겐 그런대로

도움이 되고 있다오.

사랑하는 제인.

비망록을 찢어내어 이렇게 쓰고 있는 순간이 아마도 가장 침착해지는 순간인지 모르오.

여보, 편지 하지 않는다고 욕하면 안되오. 무척 욕하고 싶겠지만……

난 언제나 당신이 있다는 것을 잘 알고 있다오.

비록 생활이 나를 쪼들리게 하고 때론 초조하게도 하지만 마음을 살찌게 한다는 신념만이 유일한 이곳에서의 낙이라오.

여보, '공수래공수거'라는 속담이 아마 나에겐 가장 적합한 것 같구려.

사랑하오.

비록 무의미한 생활이지만 무의미 속의 의미 역시 또한 나에겐 훌륭한 도움이 되고 있으니 말이오.

1971. 8. 1.

추신 평안히……. 여기 출항일은 71년 8월 24일.

부산 도착은 8월 29일.

8월부터 편지하지 마오.

연
애

편
지

연애, 라는 말은 예쁘다. 심장이 뛴다.

많은 청춘들이 전쟁이 한창이던 베트남을 향했다.
편지로 쓸쓸한 마음을 달랬다.
'그 언젠가는 서로를 확실히 알 수 있을 때가 올 것으로 생각'하며,
가을에 보낸 편지의 봉투에서 '고국의 가을바람'을 느끼며.
그렇게 뛰는 군복 속에서 뛰는 심장을 매만지며.

"병이 생겼어요. 열병 말이에요.
한 여름은 벌써 지나가버렸는데 말이에요."

집배원들은 자전거를 타고 서로에 대해
조금이라도 더 알고 싶은 청춘들의 마음을 날랐다.
편지를 부치고 답장이 오는 그 간격에서 어쩌면 사랑은 시작했을 것이다.

"아저씨 시간이 없어서 이만 난필을 놓겠어요.
다음에 좋은 소식 전해드릴게요. 몸 건강히 안녕히 계세요.
이번에는 꼭 답장하시길 두 손 모아 하느님께 빌겠어요."
'연애편지'라는 말에는 '기다림'이라는 말도 함께 있어서 심장이 뛴다.

허
임
구
가

허
항
자
에
게

고국의 가을바람이
봉투 속에 들었던가 보지?

📛 항자!

고대하던 고국 소식!

나에게 온 그 첫 소식!

테이프를 끊고 날아온 영광의 제1신!

얼마나 반가웠는지! 항자의 고상한 품위를 꾸밈없이 보여준…….

가족들께서도 안녕하시며 오히려 이곳의 나를 염려해주신다는 말씀!

무엇이라 감사를 드려야 좋을지 좁은 소견으로는 그저 "감사합니다"라고 할 수밖에. 없는 솜씨로 보고 느낀 대로 또한 들은 대로 적어본 내용을 그렇게 시선에 들어오는 것 같았다고 극찬을 하니, 나는 미안해서 어떻게 하라고 그러는지 알 수가 없구먼!

이제부터는 심경도 제법 차분히 가라앉은 듯해 알뜰하게 이곳 소식을 보낼 것을 약속하겠으니 너무 무안을 주지 말았으면 좋겠구먼요…….

고국의 가을 소식을 알뜰하게 보내주며 서늘한 가을바람을 못 보내어 미안하게 생각한다고 하였으나 항자가 고국의 가을바람을 받으며 봉한 봉투를 이곳에서 내가 개봉할 때 무척 시원한 느낌이 드는 걸 보니 고국의 가을바람이 봉투 속에 들었던가 보지?

노력의 결실을 수확하고 오곡밥을 지어 먹는다는 추석이 지금으로부터 꼭 10일 남았으니, 이 글이 항자에게 도착되고 2, 3일만 있으면 추석이겠구나! 보내고 싶은 것은 많으나 아직 모든 게 익숙치 못하네. 오늘은 기쁜 일만 생겨 첫 외출을 나가게 되어 포스트카드를 내 딴에는 괜찮을 것이라고 골라봤으나 항자의 마음에 들지 모르겠으나 성의로 생각하고 기쁘게 받아주면 좋겠어!

노력의 결실을 수확하고

오곡밥을 지어 먹는다는

추석이 지금으로부터 꼭 10일 남았으니,

이 글이 항자에게 도착되고

2, 3일만 있으면 추석이겠구나!

항자!

모든 사람은 혼자보다 곁에서 도와주고 밀어주고 받들어줄 사람이 있는 게 없는 것보다 좋고 나으리란 것을 알 것이나, 그 대상자가 누구라는 것을 애초부터 정해놓는 게 아니며 시간을 두고 자연히 그렇게 할 수 있도록 되는 사람, 누구보다 잘한다고 인정받는 사람……. 쓰다 보니 방향이 어긋나간 것 같군!

그 언젠가는 서로를 확실히 알 수 있을 때가 올 것으로 생각해!

소녀의 아름다운 꿈!

영원히 간직하는 사람, 자연히 주위에서는 말 없는 사람이라 칭하게 되고 센치하다고 하던가? 짭짤한 바닷바람을 쐬고 와서도 이런 말만 쓰이니 이상하군!(정말 미안해.)

몇 번이고 나 혼자만의 조용한 시간이면 고독과 벗하는 게 이젠 거의 습관이 된 것 같아!

같이 있을 때는 자주 들르고 싶었지만 멀리 헤어져 있으니 그리워
짐을 어쩔 수가 없구나!

박 씨와는 하는 수 없이 헤어졌지만 만나게 되는 날엔 더없이 반가
우리라 생각해. 가까이 있는 친우들과 어울릴 수 있으니 괜찮아! 여
유가 생기면 서로 안부를 물을 수 있을 길을 모색하려고 해! 첫 외
출 후라서 내무반에서 떠드는 소리가 사무실까지 요란하게 만들고
피곤을 참기어렵게 만드는구나!

부모님께도 안부를.

이 밤도 고운 꿈 가슴에 안고 포근히 잠들길……

1966. 9. 18, 23:38

월남에서 허임구

66. 8. 10.
부산항 제3부두

항자.

남국의 밤이 조용히 깊어가는구나.

오늘따라 구름이 가리어 유난히 반짝이는 남십자성
을 볼 수 없어 서운하구나.

그동안도 부모님 안녕하시오며 '자'도 캠퍼스 생활에
충실하고 있는지?

이곳에서 말할 수 없이 많은 시간들을 바쁘게 보내느
라 '자'와 대화를 나눈 지도 일주일이 되었나 보지?

같이 3개월 동안 정다운 우정을 나누던 한 친구가 임
기를 마치고 그저께 이별의 쓴잔을 앞에 놓고 앞으
로 올 운명을 어떻게 개척하느냐는 문제를 가지고 해
답을 구하려 하였으나 일어설 때까지 얻은 답은 술값
계산을 서로가 하겠다는 어쭙잖은 시비로 끝을 맺고
말았네.

떠나는 사람과 떠나보내는 사람은 각기 다른 생각들
을 갖고 헤어지겠지만……

66. 8. 10. 부산항 제3부두*

숱한 젊은이들이 잠깐인지 영원인지 기약 없는
이별 길에 오를 때, 그 한 사람으로서 오로지 아쉬
움만 가득 안고 환송객들을 바라다보고 있을 때
그 누군가 나도 몰래 우리들의 장한 모습들을 역
사의 한 페이지에 기록하려고 담은 사진 속에서
내 모습을 발견하고는 '자'에게 보내고 싶은 마음
을 억제할 수 없어 물어보고 대답을 듣기도 전에
오늘 보내는 것이니 표정을 읽어본 후, 회답을 바
라겠어!

깊어가는 남국의 밤하늘에 더욱 많은 사연들을
띄워 보내며.

1966. 11. 14.

월남 퀴논에서 허임구

* 60년~70년대 월남전 참전자들의 수송전용 부두.

기분이 좋을 땐
항상 웃지만

🎩 항자!

무더운 밤이구나!
곁에서 선풍기라도 좀 틀어줬으면 좋으련만 그렇지도 못하고!
하! 하! 하! 지나친 욕심일 테고!

어저께 편지를 쓰고 오늘은 또 춘천에서 같이 파월된 김병수란 사
람이 모친상을 당하여 귀국하게 되었다면서 급하게 왔기에 장학리
에 들러서 항자에게 소식이라도 생생하게 전하여 달라고 부탁을 하
고 가는 편에 몇 가지 되지 않은 물건이지만 급하게 구혜 온 물건을
보내니 적절히 사용하여주길 바라겠어! 조그만 성의로 생각해주면
고맙겠구나!

아버님께 드릴 품목은 1. 상아파이프 1개, 2. 면도기 1개, 3. 혁대 1개, 4. 양말 1켤레이며,

그 밖에 1. 만년필 2개, 2. 잉크 1병, 3. 편지지(노트) 3권, 4. 봉투 2권 (나에게 편지할 땐 되도록 쓰지 않았으면 좋겠구나. 집에서 쓰도록.)

1. 후랏쉬 1개, 2. 손톱깎이 1개, 3. 입술스틱 1개

1. 타올 1매, 2. 스카프 1장, 3. 껌 2통, 4. 드롭프스 2개

위에 열거한 품목인데 휴가자는 가져갈 물건의 무게와 금액에 제한을 받기 때문에 많이 지참할 수 없으며 나뿐이 아니고 많은 사람들로부터 부탁을 받기 때문에 더 이상은 힘들 것 같구나!

참! 사진 2매를 보내. 1매는 강에 나가서 세탁하는 모습을 짓궂은 친구가 찍은 것이니 옛날에 장학리 시절과 비교해보라고. 하하하.

1매는 고국에서 보내준 인형을 안고 찍은 것이며 최근 것이기에 보내는 거야!

부모님께서 안녕하시옵고, 선자도 복구도 잘 지내는지.

항자도 물론 남은 학업에 충실하길 바라며 급한 펜 길을 멈춘다네! 하! 하! 하!

기분이 좋을 땐 항상 웃지만…….

5월 11일 밤

월남 퀴논에서 허임구

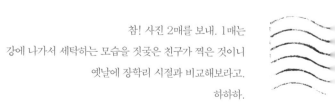

참! 사진 2매를 보내. 1매는
강에 나가서 세탁하는 모습을 짓궂은 친구가 찍은 것이니
옛날에 장학리 시절과 비교해보라고.
하하하.

호박이라고 산 게 수박이라나?

🐾 보고픈 항자!

어스름 달빛에 강물이 은은하게 흐르는구나!

오랜만에 강가에서 시원한 바람을 맞으며 후랏쉬 불 밑에서 이렇게 '자'와 얘길 하게 되었구나!

그동안도 부모님께서 안녕하시오며 선자도 여전한지?

7월 2일 예쁜 글씨로 보내준 투정은 잘 듣고 이제부턴 그런 일이 없도록 노력하기로 하겠어요!

설마하니 이곳 정글의 나라로 오려고 하진 않겠지?

지금도 하루살이들이 달라붙어 정신을 차릴 수가 없을 정도야.

아하! 늦었구나! 그저께부터 일주일 약속으로 이곳 '전장'에 파견을 나와 전투부대를 직접 지원하게 되었으나 이 글이 '자'의 손에 쥐어질 때쯤엔 사령부에 들어가 있을 테니까 재미난 얘긴 안심하고 계속 보내주길 바라!

처음 겪는 모든 일에 얘기할 것도 많으나 다음 조용할 때에 하기로 하고 조금만 얘기할까?

오늘 아침엔 부식이 모자라 국 끓이는 데 넣으려고 호박을 한 개 사서 국에 넣어 끓여서 먹어보니 맛이 이상하여 우리 월남군 통역관에게 물어보니 호박이라고 산 게 수박이라나? 밥도 먹다 말고 배가 아플 정도로 웃고 말았어! 하! 하! 하! 실감이 나지 않겠지만 수박을 호박으로 알 정도니…….

수박도 어떤 건 한국 수박과 똑같은데 말이야!

보내준 칸나 빛과 백합 향기는

아주 흐뭇하게 받았다고 전하며……

무더운 날씨에 건강에 조심하라고 말하며

잠든 '자'의 왼쪽 볼에 '베에제'를……

1967. 7. 14

월남 송카우에서 허임구

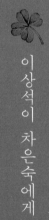

이상석이 차은숙에게

겉봉투를 보니 초면이더군요

🐻 숙의 답서.

먼저 숙의 건강을 물으면서 몇 자의 난필을 적어보는군요.

봄 날씨를 기하여 곳곳에서는 따스한 봄소식이군요.

먼 한양에서 여기까지 서신한 데 대하여 인사를 표하면서 숙의 서신 내용대로 잘 이루어지는 방향으로 항로를 저어가도록 합시다.

그리고 편지의 서식대로 어느 아가씨로부터 저의 인적사항을 알았는지 차후에 상세히 기재를 기하는 동시에 좋은 사연이 오가기를 바랄 뿐이군요.

오늘은 우연히 근무 중 편지 구분대에서 저의 편지리는 소리에 빨리 가서 겉봉투를 보니 초면이더군요.

첫 서두에 '보고픈 오빠'라는 글귀를 보았는데 저는 동생이 없거든요. 여태까지 성장하면서 이러한 서신을 수건하기는 처음입니다.

사진을 부탁했는데, 저 역시 여기는 시골이기에 사진*을 한번 촬영하려면 16km를 차도 없이 보행을 하여야 되기에 여태까지 사진이란 '사'자도 몰라요. 숙, 한양에서 수도꼭지를 대하는 사진부터 이편지 수견 즉시 보내셔요. 숙의 인적사항을 상세히 적었으면 하는 생각이군요.

그럼 끝으로 좋은 사연 기다리면서 안녕.

전화가 있으면 번호 기재요.

1973. 3. 24.

* 70년대만 해도 카메라를 소장하는 일은 사치였다. 80년대에 들어서 카메라가 대중화되기 전에는 사진관이나 유원지의 사진기사에게 가야만 사진을 찍을 수 있었다.

첫 서두에 '보고픈 오빠' 라는

글귀를 보았는데

저는 동생이 없거든요.

여태까지 성장하면서

이러한 서신을 수견하기는

처음입니다.

그 아가씨 누구냐고 하기에
동생이라고 하였지

♨ 동생전 답서.

녹음이 우거진 산야는 더 한층 신록의 계절에 다다른 것 같군.

며칠 전만 하여도 이곳 농촌에서는 농군들의 일손이 더 한층 분주

하게 보이더니, 이제 빨간 들의 색깔이 청색으로 변하였군.

먼저 숙의 건강을 물으면서, 동생이 보낸 서신 먼 하동 악양에서 잘

수견했네.

인생은 언제나 생활의 시달림 속에서 삶을 찾는 것이 본능인가 보군.

숙이는 언제나 서신의 내용을 보건대 항시 생활에 대해 쓰는데 한

양이 조금 가까우면 상봉하였으면 하는 생각뿐. 나는 서신을 누차

발송한 후 회신이 없기에 내 사진을 받고서 너무도 실망해 숙이가

단념을 하였나 했는데 다행히!!

숙, 이 편지 수견 후부터는

걸프렌드로 변경하여

펜을 드는 것이 어떠냐.

이렇게 어렵게 편지를 쓰려면

귀찮고 숙이가 무응답이면

할 수가 없지.

숙, 내 사진을 정말로 수견치 못하였는지? 숙의 서신에 의하면 수견
치 못하였다고 하였는데. 아무렴 샐러리맨 생활하는 존재로서 어이
거짓말을 하겠느냐고. 숙, 그것은 숙이의 거짓말이겠지. 사진을 언
제 발송했냐고? 지난 달이군. 그럼 일기장을 보아야 알겠네.
4일날 악양에서 발송되었네. 정말 수견치 못하였으면 다음 서신에
보내줄게.
오늘 그러니까 7월 4일, 근무 중 내게 서신이 왔다기에 너무도 반가
워서 보았지. 우리 한 직원이 그 아가씨 누구냐고 하기에 동생이라
고 하였지. 동생의 사진을 보고서 아니라고 하면시 니를 놀려댔어
내가 숙의 사진을 본 소감을 기재해볼까. 숙이는 지금 학생이 아닌
지 의문이 드네. 학생이라고 했다고 기분은 나빠하지 말도록. 숙, 이
편지 수견 후부터는 걸프렌드로 변경하여 펜을 드는 것이 어떠냐.

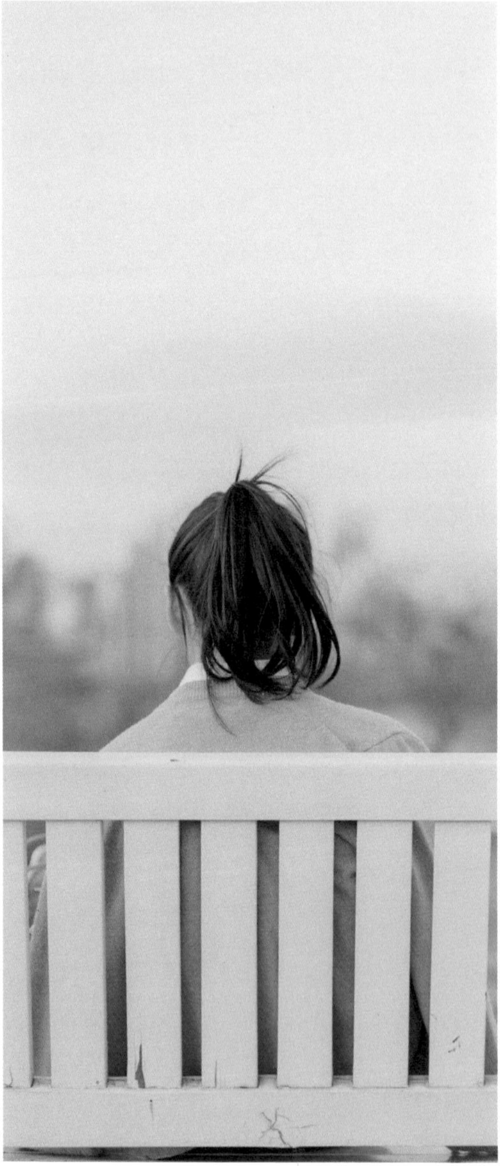

이렇게 어렵게 편지를 쓰려면 귀찮고 숙이가 무응답이면 할 수가 없지.

숙, 편지는 일주일에 한 통이 적당할 것 같아. 숙, 집 근처에 전화가 없는지? 근무지에 전화가 있으면 전화로서 대화를 한번 나누어보았으면 하는 생각이군. 나는 여태까지 이렇게 펜팔을 하는 것은 처음이군. 원래 친우들이 없다보니 그렇겠지.

숙이는 자꾸만 변명 아닌 변명을 하는데 며칠 시간은 있을 것을 예상하네. 위에 쓴 것은 농담으로 생각하고, 숙이는 누구의 소개를 얻어서 내게 편지를 하게 되었는지 그 동기를 기다리고 있네. 다음에 꼭 그분이 누구인지 기재해주길 바라네.

그럼 끝으로 건승을 바라면서 회신을 기다리면서.

73. 7. 6.

참으로
많은 비가
내렸던

가을인 것
같아요

어떻게 지내세요. 이 가을날 어떤 모습으로…….

별이 모두 다 모래알 틈 사이사이에 다 박혀 있다면 어떨까요.

너무 잔인한 생각일까요.

병이 생겼어요. 열병 말이에요.

한여름은 벌써 지나가버렸는데 말이에요.

참으로 많은 비가 내렸던 가을인 것 같아요.

비에 젖는 모든 건 추웠을 거예요.

내 맘도 무지 추웠으니까요…….

요즈음 이외수라는 사람, 어디서 어떻게 잘 지내는지…….

이제 곧 겨울인데, 겨울 준비는 했는지…….

겨우나기 예행연습은 했는지…….

매일 밤 누워 천장을 쳐다보며 허허로운 마음만 늘어가요.

있잖아요, 이제 정말 추워요.

조심하세요. 건. 강. 요. 그리고 보고프대요—.

(소인 날짜 불명확. 80년대로 추정.)

여기는
보리랑 유채 거둬들이기에
여념이 없어요

from
김순심이
김현수에게

마음의 편지 ── 안응 편지

현수 씨께

오늘도 맡은 바에 충실하시리라 믿으며 답장 드립니다.

올해 들어서 처음 받아보는 현수 씨의 편지였죠.

저도 처음이구요. 현수 씨가 처음 저에게 편지를 썼던 날짜를

기억하세요?

무오년 오월 초 이레.

오늘로서 1년 하고 스무엿새가 되는 것 같아요. 약간은 당황하고

순간적으로 쬐끔은 머뭇거려야 했답니다.

요즈음 여기는 보리랑 유채 거둬들이기에 여념이 없어요. 새벽에

일어나서 밭에 나가면 저녁에야 들어오죠.

허리가 아파서 죽겠어요. 손발을 씻으면 밤 9~10시는 보통이구요.

피곤이 한꺼번에 밀려와서 그냥 잠자리에 드는 거에요.

그게 요즘 하루 일과의 전부랍니다. 어머니를 돕겠다고 직장을

그만두면서 왔지만 막상 하려니까 보통 힘든 게 아니에요. 하지만

참고 견뎌내야죠.

지난 5월 20일에는 한라산에 일일등산을 갔더랬어요.

철쭉제가 시작되는 날이었거든요.

그런데 산이 너무나 허허로웠어요. 아마 지금쯤은 온 산에

진달래가 만발했을 거예요.

바쁜 농촌이지만 내일 하루만 좀 쉬겠다고 말씀드렸더니

어머니께서 선뜻 허락하시더군요.

그래서 내일은 다시 산을 찾으려고 해요.

현수 씨는 산과 바다, 어느 쪽을 더 좋아하실까요?

참, 궁금한 게 있군요.

가족관계랑 현수 씨 특기 내지는 취미를 알고 싶거든요.

그리고 현재 원필이 주소를 보내주신다면 더욱 고맙겠구요.

소식이 끊겨서 몹시도 궁금하거든요.

또 한 가지, 현수 씨 사진 있잖아요.

아무거나 다 좋아요. 둘 다라면 더욱 좋구요.

그리고 그림을 잘 그리실 것 같은 예감(?)이 드는데 자화상까지

곁들여 주신다면 금상첨화겠죠.(아휴. 욕심도 많으셔라.)

피곤 때문인지 잠이 한꺼번에 쏟아지네요.

등산 후 멋있는 사진과 함께 다시 소식 드릴게요.

안녕.

기미년 유월 초이틀 토요일 밤에

순심 드림

요즈음 여기는 보리랑 유채 거둬들이기에 여념이 없어요.

새벽에 일어나서 밭에 나가면 저녁에야 들이오죠.

허리가 아파서 죽겠어요.

손발을 씻으면 밤 9~10시는 보통이구요.

피곤이 한꺼번에 밀려와서 그냥 잠자리에 드는 거예요.

그게 요즘 하루 일과의 전부랍니다.

모든 욕망을 보유하고
모든 꿈을 버려둔 채

from
전인진이
조선일보
편집실에

🖋 펜팔*을 구합니다.

모든 욕망을 보유하고 모든 꿈을 버려둔 채

전 세계의 평화와 자유수호를 위하여 날아온

비둘기이옵니다.

외롭고 쓸쓸한 이국전선에서 고독을 짓씹는

인간에게 그 외로움과 고독을 나눌 수 있는

벗을 찾아주실 수 있는지?

이국에 한 젊은이가 선생님께 솔직히

고백한다고나 할까요.

아무쪼록 많은 벗으로부터 많은 소식이

오기를 기다리며 신문사 선생님 여러분에게

건투와 행운이 깃들기를 빌면서 이만

줄입니다.

1967. 1. 23.

베트남에서 전인진 보냄

* 60~70년대 파월 병사들의 향수를 달래고 고국과의 소통을 원활하게 할 목적으로 정부와 신문사들은 펜팔을 장려했다. 국내용 우표로 파월 장병에게 편지를 보낼 수 있었고 장병들이 보내온 인물 사진과 월남 사진이 신문 지면에 소개되기도 했다.

여인에게서
편지를 받아본 적은
처음이었습니다

from
김용옥이
전경수에게

그간 안녕하셨습니까.

넓고 넓은 인간 사이에 수없이 많은 허탈과 공허
가 있음을 느끼는 이 밤, 허울 좋은 역사로 내일을
맞이하려는 교차점에 머물고 있습니다. 왠지 모르
게 서글퍼짐은 자연의 변화 때문인지. 오직 질식
할 것만 같은 침묵만을 자청하는 밤입니다. 어두
운 공간에서 메꿀 길 없는 고독이 남지나의 파도
처럼 밀려오며 정글 세계에서 또 하나의 망상을
하고 있습니다.

끈질기게 대화를 나누고 싶어하는 것은 인간 본
연의 심리일까 아니면 나만의 욕심일까요.

외로움을 벗해줄 사람을 목마르게 기다리고 있던

중 경수 씨의 뜻 깊은 사연이 얼마나 반가웠는지,
재독 아니 삼독까지 했지요.

오늘도 시원한 야자수 그늘 밑에서 고향에 계신
부모형제 그리고 경수 씨를 생각할 때 몇 배의 힘
을 얻은 것 같고 그리움이 내 주위를 맴도는군요.
경수 씨의 부모님을 비롯해 전 가족은 무고하시
며 환절기에 귀체 만강하십니까?

이역만리 베트남 전선에 용옥이는 오늘도 경수
씨의 염려 덕분으로 아무런 벌고 없이 건강한 몸
으로 근무에 충실하고 있습니다. 경수 씨의 주소
가 다른 곳인데 학교에 불편한 점이 있어서 예산
에 와 하숙을 하고 계시는지 아니면 자취를 하고

있는지, 실례가 되겠지만 궁금합니다.

모든 흉금을 털어놓을 수 있는 펜 벗이 되어주셨으면 합니다. 오해를 하신다면 풍만한 아량을 바랄 뿐.

경수 씨를 알게 된 동기는 고국에서 군생활 할 때 광순이라는 병사로부터 주소를 알게 되어 월남에 와 처음으로 글월을 드렸습니다. 광순이는 지금쯤 휴가나 한번 갔을 것인데 물어보면 잘 알 것입니다.

경수 씨.

솔직히 이야기하자면 25년이라는 세월이 흘렀어도 여인에게서 편지를 받아본 적은 처음이었습니다. 거짓말이라고 생각하시겠지만 '정말' 직접적인 대화나 상면은 했어도 편지로서는 처음인 것 같습니다.

병사의 고향은 전남 순천시, 학력은 고졸.

이런 정도로 하고 궁금하신 것이 있거든 말씀하십시오.

좋지 않은 풍경화 사진을 한 장 보내니 받아주시고 어느 사진이든지 좋으니 경수 씨 사진 한 장만 부탁하고 싶습니다.

계속적인 대화를 바라면서 두서없는 글 이것으로써 마칩니다.

이 밤도 좋은 꿈 꾸시길.

72. 11. 18.

베트남 용옥이가

당돌한
병사가

인사드립니다

from
이내호가
조현숙에게

🥄 고국의 아가씨께

먼저 당돌한 병사가 인사드립니다.

반복되는 생의 테두리에서 오늘 하루도 보람되게

보내고 있을 귀 양을 생각하며 두서없는 필을

던져봅니다.

아참, 실수를 할 뻔했네요.

어떻게 귀 양을 알았느냐고요.

같은 소대에서 생활하고 있는 전우로부터

소개받았습니다. 펜 벗이 한번 되어보라더군요.

정말 이곳 생활에 많은 도움을 받을 것 같네요.

초면이라 많은 사연을 나누자니 실속 없는

머스마라고 할까 봐 간단히 소개 정도로 지면에

짧은 흑점을 남기겠소.

고향 집은 충남 대전, 나이 24세, 키 171cm,

혈액형 O형.

취미는 등산, 음악 감상, 영화 감상.

이것이면 간단히 되겠지요.

다음에 재미있는 이곳 이야기 쓰기로 하고

아가씨의 정다운 사연을 기다리며.

이 밤도 고운 꿈 배 엮으시길 빌며.

안-녕-히.

연도미상. 11. 29. 밤 10시

베트남 전선에서 호야 병사가

내 마음의 등불이
되어주셨으면 합니다

from
이온재가
조현숙에게

🖐 귀 양에게.

내 살던 고국. 지금 함박눈을 맞으며 거닐고 싶은
충동에 아쉬워집니다.

귀 양, 안녕하셨으리라 믿습니다.

몸 성히 군 복무에 충실하며 오늘도 만전을 기하는
한 병사, 내 살던 고국 땅이 그리워 이렇게 펜을
잡아봅니다.

징글벨 소리에 발을 맞추어 거니는 귀 양을 상상하며
너무나도 아쉬운 마음이 듭니다.

내 마음의 등불이 되어주셨으면 합니다. 너무나도
어려운 부탁을 드림을 양해하시며 이국 땅 저 멀리
있는 한 병사를 위해서 용기를 내어주십시오.

가시밭길 정글 속을 헤매는 병사가 지친 피로를 풀기
위해서 귀 양을 택했습니다.

징글벨 소리에 발을 맞추어 거니는

귀 양을 상상하며 너무나도 아쉬운 마음이 듭니다.

내 마음의 등불이 되어주셨으면 합니다.

총을 휘두르는 마음, 적을 찾아 헤매는 나 자신.
작전에 임해서도 지친 몸을 이기지 못하는 경우도
많습니다. 이럴 때 헬리콥터로 편지가 오면 그 기쁨은
이루 말할 나위도 없을 것입니다.
귀 양이 편지를 보내주신다면 월남 풍경사진 등
귀 양이 원하는 대로 보내드릴까 합니다.
이렇게 실전을 겪고 있는 나 자신, 너무나도 외로운
빛 속에 그칠 줄 모르는 이 심정. 너무나도 아쉬워서
보내드림을 이해하시고 제삼 부탁드리는 것은 저를
원해서 기쁜 소식 보내주시기를. 이렇게 제가 원하는
대로 보내주신다고 약속해주신다면 내 일생의
잊히지 않을 고마움이라고 생각할 것입니다.

그리고 이곳 소식을 보내드리겠습니다.

야자수 맛은 제일 좋아요. 총을 한 발 쏘면 두세 개가

떨어져요. 그걸 마시면 달짝지근하니 맛이 좋습니다.

귀국한다면 한 통 선사해드리겠습니다. 월남 꼬마들은

나무를 잘 올라가지만 우리는 못 올라가요.

조금 있다가 사진 촬영해서 보내드리겠습니다.

이상으로 소개하고 다음에 재미있는 사연

보내드리겠어요.

이만 줄이겠습니다.

1970. 12. 13.

이 병장 드림

나에게
편지해주지
않겠어요?

from
백준식이
김영애에게

🐾 안녕하십니까?

초면에 미안합니다.

하지만 어떤 부러움과 약간의 질투를 느끼기에 이렇게

어설픈 짓을 해보는 겁니다.

참, 인사가 빠졌군요.

난 말이죠. 아가씨의 오빠와 같이 근무하는 준이라는

사내입니다.

자세한 나의 소개는 베일 속에 묻어두기로 하고…….

동생이 둘이나 있다는 김 하사의 얘기에 난 약간의 부러움을

느끼며 지내왔습니다.

얘기할까요? 이유를.

여태껏 오빠 소리를 듣지 못하고 자라온 나에게 김 하사의

동생 자랑이란…….

그래서 그랬죠. 나에게도 김 하사에게처럼 글을 띄워줘라

이야기 좀 해달라고요. 뭐, 자세한 건 생략하기로 하죠.

결국 그래서 이렇게.

참, 엄마는 안녕하십니까?

너무도 김 하사가 엄마 걱정을 하기에 말입니다.

밤이 자꾸만 깊어가는군요.

별도 없이 까만 밤.

며칠째 내리는 비는 이 밤도 어김없이 찾아와 우릴

괴롭히는군요.

숱한 의미와 낭만을 깃들인 비로만 알아온 우리에게 이곳의

'비'님은 왠지 괴로움만을 주는군요.

나에게 편지해주지 않겠어요? 해주면 좋겠는데…….

해주리라 믿어보는 게 좋겠죠?

안 그래요?

편리한 대로만 생각하는 게 우리 어설픈 인간의

생리이니까요.

나도 믿고 기다려보렵니다.

밤도 깊었는데 오늘은 여기서.

그럼 이 밤 고운 꿈 엮길 바라며 멀리 월남에서 고국의

소녀에게 편지를 띄운답니다.

그럼 안녕!

베트남에서

(연도 날짜 미상)

충청도
아가씨들은

경상도
머스마를
좋아한다고요

🎩 미연 양 읽어주세요.

보내주신 사연은 감사히 받아보았습니다.

미연 양도 안녕하시며 양의 가사에도 별고 없는지요.

전선에 있는 '웅아'라는 머스마도 항시 감싸주는 은총으로 임무 수
행에 변함이 없다고 전합니다.

미연 양, 이렇게 보잘것없는 머스마에게 이렇게 따뜻한 사연을 줘
서 다시 한 번 감사드립니다.

이곳은 우기에 접어들어 계속 궂은비가 내리고 있고 아침저녁 야전 상의를 입어야 하는 실정입니다. 아마 고국의 겨울이 월남까지 왔나 본데, 밤이면 고국의 가을 날씨마냥 쌀쌀하지요.

미연 양, 충청도 아가씨들은 경상도 머스마를 좋아한다고요. 미연 씨, 거짓말하지 마세요. 자기 고장 사람 더 좋아한다고 하더군요.

미연 양, 우리 조상이 남긴 말에 따르면 충청도 사람은 양반이라고 하는데, 충청도 아가씨들도 교양이 많고 예절이 바르다고 생각하고 싶어요. 그리고 저의 고향과 신상에 대한 질문을 하였는데 알려드리지요.

본적은 부산직할시, 학력 유치원 중퇴. 나이 당년 27세,

취미는 음악 감상, 가족사항은 양친이 계시고 형, 누님.

제가 제일 막내입니다.

저의 소개를 하였으니 이제 미연 씨의 소개가 있어야 되지 않아요?

그리고 이곳에 이모저모를 간단히 전하겠어요.

이곳 아가씨들은 긴 아오자이라는 옷을 잘 입고 또 결혼은 여자가 17세, 남자가 20세만 되면 한다고 하더군요.

그리고 생활은 우리처럼 곡식을 심어 먹고, 우리나라에 비하면 미개의 나라라고 전합니다. 미연 양, 월남은 우리나라에 비하여 너무나도 보잘것없습니다.

미연 양, 지금은 밤이군요. 라디오에서 한밤의 멜로디가 흘러나오고 있군요. 경음악이 더욱 고국을 연상하는 것 같구려.

미연양은 지금쯤 포근한 침실에서 아름다운 꿈을 꾸고 계시겠지요.

고국은 지금쯤 낙엽이 떨어지는 가을도 자취를 감추고 낙엽이 뒹구는 겨울이 왔을 줄 믿습니다.

미연 양 밤이 너무 깊었나 보군요. 벌써 초소의 초병이 교대하려고 야단이군요.

그럼 오늘은 여기서 pen을 놓을까 합니다.

항시 몸 조심하시길 빌며.

미연 양의 가정에 주님의 은총이 내리시길 빌면서, 안녕.

69. 11. 24.

베트남 전선에서 희웅 드림

얼굴 모르는 아저씨께
고국의
어느 한 여성이

당신의 편지 · 연의 편지

🐢 살며시 읽어주세요.

산과 바다가 손짓하는 계절…….

무더운 날씨에 아무 일 없이 안녕하신지요.

저번에 보내준 편지는 잘 받아보셨는지. 기다려도, 기다려도 답이 오지 않기에 이렇게 pen을 들었습니다. 혹시 몸이라도 불편하신지 걱정이 되는군요. 이곳 미옥은 아저씨의 염려 덕분에 몸 성히 잘 있답니다.

이곳 고국도 무척 더운 날씨가 계속되고 있어요.

아저씨, 굉장히 무덥지요?

요즈음 장마철이라 폭우가 많이 왔어요. 산사태가 일어나는 등 많은 이재민을 내고 있어요.

아저씨, 제가 재미있는 이야기를 하겠어요.

제가 살고 있는 인천의 자랑거리인 송도해수욕장, 자유공원. 그런데 여름철만 되면 모든 사람들이 인천 송도 해수욕장으로 온답니다. 이곳을 온 사람 중 9할이 서울에서 온 사람들인데, 굉장한 사람들이에요.

특히 송도에는 아암도라는 넝소가 있어요. 해안에서 약 5백 30미터의 아주 긴 다리가 놓여 있어요. 이 다리는 징검다리예요.

자유공원에는 맥이디 장군 동상이 있어요. 놀이터도 있고.
그런데 놀이터에서 제일 재미있는 것은 '문어다리'예요. 뱅
뱅 돌아가는 문어다리, 생각만 해도 재미있어요.
아저씨 시간이 없어서 이만 난필을 놓겠어요.
다음에 좋은 소식 전해드릴게요. 몸 건강히 안녕히 계셔요.
이번에는 꼭 답장하시길 두 손 모아 하느님께 빌겠어요.
참, 제 이름이 바뀌었어요. 미안합니다. 제 본명이에요.
얼굴 모르는 아저씨께 고국의 어느 한 여성이.

1970. 7. 18. PM 2시

미옥 씀

저번에 보내준 편지는 잘 받아보셨는지.

기다려도, 기다려도 답이 오지 않기에

이렇게 pen을 들었습니다.

혹시 몸이라도 불편하신지 걱정이 되는군요.

이곳 미옥은 아저씨의 염려 덕분에 몸 성히 잘 있답니다.

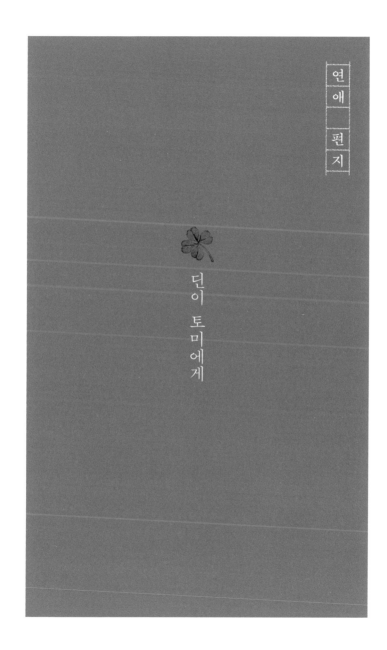

딘이 토미에게

내 이름도 어서 빨리
전역자 명단에 오르면 좋겠어

 나의 사랑스런 달링(darling) 토미에게

오늘은 전할 이야기가 몇 줄밖에 없어. 난 언제나 그렇듯 잘 있고 항상 좋아 달링. 바라건대 나의 허니(honey)도 좋으면 좋겠네. 우리 고양이도 잘 있으리라 생각해. 난 내 허니가 좋으면 나도 좋아.

우리의 작고 하얀 고양이도 좋았음 좋겠고 착하게 굴면 좋겠네. 편지에 우리 고양이 키티가 얼마나 잘 지내고 어떤 예쁜 짓을 하는지 적어주면 좋겠어. 작은 키티가 나의 허니를 기쁘게 해주면 좋겠고 함께하는 시간을 즐겨주길. 응, 나도 그렇게.

어제는 상당히 멋진 날이었어. 그래 그랬어, 허니. 그리고 오늘도 좋은 날이 될 것 같아. 너도 좋은 날들을 보내고 있으면 좋겠어. 그래 그걸 소망해, 달링. 너도 그러리라 믿어.

어제 나의 허니로부터 정말 좋고 달콤하고 끝내주는 편지를 받았어. 그래 맞아, 달링. 너는 항상 내게 좋고 끝내주는 편지야. 나는 너의 편지를 읽는 게 너무 좋아. 달콤한 너의 편지를 언제나 기다려.

어제 너에게 편지를 썼는데 월요일까지는 못 나갈 것 같아. 항상 말하지만, 내 편지를 못 받더라도 걱정하지 말라고. 나는 내 허니가 걱정하는 게 싫어.

사람들이 "Ft. Dix(?)"에서 돌아왔음을 뉴스를 보다 알게 됐어. Fauth 하사가 전역한 거 같아. 그의 이름이 리스트에 있더라고. 너도 그 사람 기억하지? 그리고 '시그널' 부대에 장교가 있었어. 그의 이름도 역시 전역자 명단에 있더라고. 리스트에 내가 아는 사람들이 많이 있었어. 내 이름도 어서 빨리 거기에 오르면 좋겠어. 응, 달링, 내 이름도 빨리 오르면 좋겠어.

여기 새로운 일등병이 들어왔어. 그는 "Ft. Riley(?)"출신이야. 호른 (Horne) 장교 교육 부대에서 일등병이었다 하더라고. 그래서 그도 호른 교육 부대를 알더라. 그는 건강 상태가 좋지 않고 많이 아파. 그 사람 컨디션이 좋지 않음을 알 수 있어. 그래서 일등병이야.

있지, 내가 돈을 벌 수 있는 일이 생긴 거 같아. 어제 알게 됐어. 나는 야간이랑 쉬는 날 일을 더 하고 싶었거든. 그러면 나 외롭지 않아도 되잖아. 그래서 일을 구했어. 우리 이제 돈을 조금 더 모을 수 있어. 내가 곧 돈을 조금 보내줄게. 응, 나 이번 달에 너에게 돈을 보내려고 해. 그리고 두 달간 보내줄게. 지난 휴가에 돈을 좀 써서 이번 달엔 금액이 그리 많지 않지만 다 보낼게.

허니. 나는 네가 해줬던 야키소바랑 볶음밥이랑 다른 맛있는 음식들이 너무 너무 그리워. 맞아, 응, 그래 달링. 나는 네가 해준 밥이 너무너무 먹고 싶어. 곧 다시 먹을 수 있게 되면 좋겠어. 나는 너무 오랫동안 네가 해준 음식을 못 먹었어. 빨리 먹고 싶어. 네가 해준 맛있는 음식들을 지금, 오늘 밤 먹고 싶어. 너무너무 그립다.

오! 허니, 이번 달은 네가 화낼 일이 없어서 좋아. 아무도 너를 화나게 하지 않으면 좋겠어. 모든 사람들이 너에게 잘 대해 주면 좋겠어. 참, 아버지가 너를 보러갈 수 없게 됐다니 유감이야. 나는 이해해. 오! 달링, 나는 모든 문제들이 빠르게 해결되길 바라. 난 모두가 행복하면 좋겠고 좋은 가족이 되면 좋겠어. 그래 허니, 내가 할 수 있으면 이런 문제들을 모두 해결하고 싶어.

나의 스위트 달링. 나는 항상 너를 걱정해. 네가 나를 걱정하는 것처럼. 너는 내 달콤한 달링이고 나는 항상 너를 생각할 거야. 내가 멀리 떨어져 있는 동안 네가 더 이상 아프지 않으면 좋겠어. 내가 없는 사이 너에게 아무 일도 일어나지 않았으면 좋겠어. 허니, 너에게 문제가 생겼을 때 항상 내가 옆에서 도와줄 수 있으면 얼마나 좋을까. 오! 나는 너무너무너무 네가 무지무지무지 많이 많이 많이 그립고 그립고 그립고 그립고 그리워. 지금까지 그 어떤 때보다 더 많이 무척 말이야. 허니. 응, 그래 나는 항상 너와 함께 있고 싶어.

나는 너를 사랑하고 사랑하고 사랑, 사랑, 사랑, 사랑하고 사랑해 달링. 아주 많이 많이 많이 많이 많이, 그리고 더더더 많이 말이야.

지금 당장 너의 달콤한 키스를 원해. 너의 스위트한 키스를 오랫동안 그리워만 하고 있네.

오늘은 여기까지 쓰고 다음에 더 쓸게. 잘 지내, 허니, 즐거운 일요일 보내.

나의 사랑을 담아
너의 친애하는 달링, 딘

(키스 키스 키스 X 100) XXXXXXXXXXXXXXXXXXXXXXXXXXXXXXXXXXX

1962년 7월 1일

more want s
I love, lo
very, very, m
so much n
tight in m
big kiss. I
I no how -
I want nou
thinking of m
Guess th
So good -
dream. I wa
xxxx + x
x x x x x x x x x With
x x x x x x x x x

, love you
much, much,
Darling. I want
me and give you
your nice
ony a kiss for
want my Honey

y.

all for now Mom
Honey Here my
dream
my love, Gordon
Xxxxx ********

오늘이 무슨 날인지 알지?
7월 4일,
미국 독립기념일이잖아

🐾 나의 사랑하는 달링 토미에게

오늘은 짧게 몇 줄만 적을게. 나는 항상 그렇듯 좋아. 허니도 역시 좋으면 좋겠네. 우리 고양이도 잘 있지? 내가 집에 없는 동안 얌전히 굴어주면 좋겠네. 나는 오늘도 나의 허니를 걱정해.

우리의 작고 하얀 고양이도 잘 지내면 좋겠다. 키티는 너를 위한 거야. 착한 고양이 키티로 네 옆에 있어주면 좋겠어. 고양이가 너를 기쁘게 해주길. 나도 키티가 보고 싶고, 이전에 늘 하던 것처럼 키티를 데리고 놀고 싶어.

여기는 바람이 조금 불고 구름이 끼었어. 비가 올 것 같아. 아마 오늘 밤에는 비가 올 듯해. 허니가 있는 곳은 날이 좋으면 좋겠네. 여긴 좀 더워.

오늘은 네 편지를 받지 못했어. 그렇지만 오늘은 휴일이잖아. 그래

AFTER 5 DAYS RETURN TO

Lt. Dean B Bassett
251 Sig. Co (Avn)
APO 123, N.Y., N.Y.

Air mail

Air Mail

Mrs. Dean B Bassett
30 Summer St
St. Johnsbury,
Vermont

오늘은 네 편지를 받지 못했어.

그렇지만 오늘은 휴일이잖아.

그래서 우편서비스가 없는 날이야.

아마 내일은 받지 않을까 싶네. 그랬음 좋겠어.

난 나의 허니 편지를 매일 매일 기다려.

서 우편서비스가 없는 날이야. 아마 내일은 받지 않을까 싶네. 그랬으면 좋겠어. 난 나의 허니 편지를 매일 매일 기다려. 네 편지는 나의 외로움과 슬픔을 잠시나마 가져가 주거든. 오늘은 공휴일이니까 편지가 오지 않을 걸 알고 있는데도 자꾸자꾸 너의 편지가 기다려져. 내일은 꼭 받을 수 있으면 좋겠다. 빌어먹을 휴일 같으니라고. 어젯밤에 쓴 내 편지도 아마 너에게 도착하는 게 늦어지겠지? 나는 네가 항상 내 편지를 받을 수 있으면 좋겠어.

참, 오늘이 무슨 날인지 알지? 7월 4일, 미국 독립기념일이잖아. 오늘은 축하하는 날이야. 미국이 영국과의 전쟁에서 승리해 독립을 얻은 날이니까. 우리는 오늘을 앞으로 오랫동안 함께 축하할 수 있을 거야. 응, 그래, 그래야지. 우리는 우리의 국경일을 수년, 수십 년 함께 축하할거야. 이 날은 우리나라가 자유를 찾은 날이니까. 그래야 우리가 계속 자유를 누릴 수 있어. 그래서 나처럼 어떤 사람들은 먼 나라에 주둔해 있기도 한 거잖아. 그래야 우리가 우리 자유를 계속 수호할 수 있는 거야. 그리고 세계 평화도 계속되는 거지.

참, 허니. 우리 항상 독립기념일에 즐거운 시간을 함께했잖아. 기억나? 작년에 우리가 같이 봤던 TV 프로그램이랑, 왜 그 미국 독립에 대한 좋은 프로 있었잖아. 미국의 각 주마다 성조기가 날리던. 그리고 우리 둘이 같이 그날 밤 불꽃놀이 보러 갔었는데 말이야. 아마 오늘도 거기선 불꽃놀이가 있을 거야. 너는 볼 수 있기를 바랄게. 난 모든 게 그립네…….

오늘은 여기 사람들도 즐거운 시간을 보내고 있어. 여행도 가고 피크닉도 가고 그러네. 나도 너랑 피크닉 가고 싶다. 내년에는 같이 보낼 수 있겠지?

나는 허니가 그립고 보고 싶고 보고 싶고 보고 싶고, 아주 많이 많이 많이 무지 무지 무지 그리워. 앞으로는 절대 절대 절대 절대 너와 떨어져 있고 싶지 않아. 앞으로 너와 언제나 항상 함께 있을 거야. 더 이상 떨어져 있는 건 안 되겠어.

나는 너를 사랑하고 사랑하고 사랑, 사랑, 사랑, 사랑, 사랑해. 아주 아주 아주 많이 사랑해. 나의 사랑스런 달링이자 허니 너를 꼭 껴안고 키스해주고 싶어. 나는 너의 달콤한 키스를 원해. 너를 원해. 너는 내 거고 난 네 거야. 너밖에 없어.

오늘은 이만 줄일게. 잘 자.

(키스 키스 키스 X 100) XXXXXXXXXXXXXXXXXXXXXXXXXXXXXXXXXXXX

1962년 7월 4일

화기 난 멍청한 사람들과
다시 함께해야 해

🐱 나의 사랑하는 달링 토미에게

오늘은 몇 줄만 적을게. 나는 항상 그렇듯 정말 잘 지내고 있어. 너도 잘 지냈으면 좋겠어. 우리의 작은 흰 고양이도 건강하기를. 말 잘 듣는 착한 고양이가 되면 좋겠어.

여기는 요 며칠 날씨가 따뜻하고 아주 화창했어. 비도 오지 않고. 그런데 곧 비 소식이 있을 거라네. 네가 있는 곳은 좀 쌀쌀할 것 같아. 신문에서 '낮은 기온'일 거라는 일기예보를 봤어. 거기도 어서 좋은 날씨가 찾아오면 좋겠어.

아까는 달콤한 편지 두 통을 받았어. 정말 근사한 편지들이었어. 친구들은 외롭고 고독한 시간을 보내고 있는 것 같아. 어쨌든 편지들을 읽으며 무척 즐거웠어.

넌 정말 상냥한 사람이야. 오늘 밤, 너에게 편지를 쓰고 있으니 참 행복하다. 미국 잡지 잘 받았어. 보내줘서 정말 고마워. 넌 정말 좋은 사람이고 상냥하고 달콤해.

오늘 나는 업무에 복귀했어. 화가 난 멍청한 사람들과 다시 함께해야 해.

이곳을 떠나 빨리 집에 돌아가고 싶어. 그러면 참 행복할 텐데.

나는 네가 보고 싶고, 보고 싶고, 보고 싶고…… 너무 너무 보고 싶어.

너무 너무 너무 너무 너무 너무 너무.

그 어느 때보다 가장 네가 보고 싶어. 곧, 아니 오늘 밤, 지금 당장!

나는 너를 사랑하고, 사랑하고, 사랑하고, 사랑해.

아주 많이 많이 많이 많이, 아니 많이보다 '더 많이.'

널 사랑해.

널 사랑해.

널 사랑해.

오늘은 여기서 줄일게.

밤이 늦었어. 잘 자.

오늘 밤 푹 자, 내 사랑.

당신의 사랑스러운 달링, 딘으로부터

(키스 키스 키스 X 100) XXXXXXXXXXXXXXXXXXXXXXXXXXXXXXXXXXXX

(날짜 미상)

* 한국에 파병온 미국 병사 딘은 토미에게 거의 매일 정말 많은 편지를 보냈다. 그 중 몇 개의 편지를 골라 싣는다.

부
모
자
식

편
지

사랑한다는 말은 왜 이렇게 어색할까.

그 마음으로, 어머니와 아버지의 굽어가는
뒷모습을 볼 때만큼 가슴 시릴 때는 또 없다.
시린 마음은 멀리 떨어져 있을 때 더 깊어지고
왜인지 모르게 불효만 한 것 같아 마음이 불편하다.

어머니, 아버지 그리고 나 사이,
그 가깝고도 멀고 먼 거리.
생각만 해도 눈물이 아찔하게 나는 그 거리.
수십 년 전에 부모와 주고받은 편지에도
그 거리가 있다.

그래서일까.
멀리 떨어진 부모님에게 보낸 편지에는 유난히
'불효자'라는 말이 많다.

"불효자식은 전과 다름없이 군 임무에 충실하고
있습니다. 이것이 부모님 덕분이라도 믿고
기억하고 있습니다."

여기에 담긴 편지들은 부모와 자식 사이,
결코 끊을 수 없는 그 길 사이에 놓인 사연들이다.

이 사연들은 지금쯤 얼마나
늙어 있을까.

"이 편지 읽은 후에 답장할 때 '개구리'라고 써라.
그러면 이 편지가 간 줄 알 거다."

개구리.

김형남이 부모님에게

이미 약한 이 몸이
조금이라도 이 나라에
도움이 되려

무더운 더위도 어느덧 지나고 초가을을 맞이할 날이 머지않은 이때에 고향에 계시는 부모형제 모두 건강하시옵니까?

먼 북쪽 하늘 밑에 있는 저도 건강한 몸으로서 분투하고 있습니다.

그간 한더위에 농가의 모든 사업은 어떠하십니까?

귀남 형님의 서신에서 대개는 들었습니다.

모두가 다 무사하다니 저는 이 위에 더 기쁜 것이 없습니다.

이곳에 있는 저는 군간에 들어가서부터 지금까지 연대병기계라 하는 직책을 맡고 있습니다. 군인의 생명이라는 병기가 귀중하다는 것은 말하지 않아도 잘 아실 줄 믿습니다.

이미 약한 이 몸이 조금이라도 이 나라에 도움이 되려 합니다.

우리 국군이 인민군, 중공군으로부터 노획한 무기는 대략 이러한 것입니다. 쏘식* 다발총, 쏘식 반총, 그리고 쏘식 기관단총, 쏘식 영

* 쏘식: 소련식

애시경기, 쏘식 기관포, 반식사포, 쏘식 82미리박격포, 62미리 박격포. 이와 같은 것이 있는데, 우리 아군이 가지고 있는 무기는 쏘식에 비하면 천지 차이가 납니다.

아군의 무기는 말할 수 없이 우수한 것입니다. 이러한 무기는 칼빙소총, 엠원 소총, 그리고 기관단총, 50미리 기관포, 공랭식 경기, 수냉식 중기, 60미리 박격포, 81미리 박격포, 2.26촌 로켓포, 3.5촌 로켓포, 그리고 4.5촌 박격포, 105미리 박격포, 함포. 얼마나 우수한 것인가 하는 것은 우리의 눈으로 직접 보지 못하면 알 수 없는 것입니다. 그 기능은 말할 수 없이 좋은 것입니다.

우리 국군이 이러한 무기로써 괴뢰군을 쳐부수며 중공 오랑캐를 쳐부수면 우리의 승리는 머지않은 장래에 올 것을 믿습니다.

지방 폭도가 순천시에까지 온다는 소식을 들을 때마다 저는 마음이 울렁거립니다.

하지만 그네들이 가지고 나타나는 무기는 말할 수 없이 미약한 목총이니 그다지 걱정하지 마시고 될 수 있는 한 그네들을 피하며 몸조심 하십시오.

우리에게 무엇보다 즐거운 것은 최후의 승리는 우리에게 있다는 것입니다.

머지않은 일자에 휴가를 갈 것 같습니다. 이것은 확실히 결정되지는 않았습니다마는 갈 예정이옵니다.

제가 상관을 잘 받들고 상관이 저를 사랑하여주시는 덕택으로 그날

그날을 무사히 생활하고 있습니다. 그러니 평안하여주십시오. 제 걱정은 조금도 하시지 마십시오.

바쁜 이 8월 추석에 얼마나 고생하시겠습니까? 농사는 어떻게 되었습니까? 대단히 궁금합니다.

벌써 벼들은 고개를 숙이며 새 쫓는 소리 우렁찰 것입니다.

저는 우렁찬 새 쫓는 소리도 듣지 못하는 이곳 첩첩산중에서 생활하고 있습니다.

요사이 새 쫓는 사람은 있습니까?

불효의 이 자식들은 나라를 위하여 군간에 들어와 남북통일의 성업에 이바지하고 있습니다.

승남이와 성자는 학교에 다니고 있는지 알고 싶은 마음 간절합니다.

편지를 구걸하여도 답이 하나도 없으니 궁금하기 짝이 없습니다.

편지를 받아보신 즉시로 회답하여주시기를 바랍니다.

그러면 끝으로 부모님의 영구한 건강을 빌겠습니다.

오늘의 소식은 이만 끝내겠습니다.

길이길이 안녕히 계십시오.

육군 제8831부대 야전우편국 제1372부대

연대 병기과

육군 2등 중사 김형남 올림

가을 수확은
어떻게
되시었는지요?

아버지, 어머니, 여러 동기들 배별하고 고향 떠난 지 11일. 저는 성길내 아주머니와 무사히 송정역에 도착하였습니다.

가을 일기 매우 온화한 이 즈음에 그간 아버지 어머니께서는 기체후 평안하시오며 가내제절이 일안들 하신지요? 저는 여전히 통신과에서 몸 건강히 복무하고 있으니 안심하십시오.

생각하니 지금도 어머님, 정숙이가 저를 전송 나왔던 굴 너머가 눈에 선연합니다.

아주머니와 바쁜 걸음으로 강경역에 도착했을 때는 9시경이었습니다. 목포행 급행열차가 있어서 타고 송정리에 내렸습니다. 내려 보니 오후 4시 반경인데 이 송정역 앞에서 버스를 탈 아주머니

를 모시고 광주 성길 살던 전 집에 찾아가 아주머니를 모셔다 드리고 저는 전선귀영시간이 촉박하여 바로 귀대하여서 차를 타고 들어갔습니다.

학교에 들어와 보니 어쩐지 모든 것이 낯선 것 같기도 하고 마음이 침착하게 되지 않았습니다. 그러나 요새는 조금 나아졌습니다.

아버지, 저에 대한 염려는 조금도 마시옵기 바랍니다.

그리고 이상근의 편지는 잘 전달하여 조서로 고향 이야기도 하여주었습니다. 그런데 상근이는 휴가를 언제 올지 알 수 없다고 말했습니다. 그리고 상근이 친구도 여전히 건강하게 군에 복무하고 있다고 전하여주십시오.

저는 9월 18일날 성규 집을 찾아가 아주머니를 만나보고 반가워했으며 또한 편지를 써서 집에 부치나이다.

그리고 한 가지, 독신자 제대 이야기가 있으면 잘 알아보셔서 무슨 필요한 수속이 있으면 그렇게 하여주십시오.

이것은 확실한 것은 아니지만 혹간 여기에서 그러한 말이 있으므로 미리 부탁하는 말씀입니다.

그리고 이장님 편지는 잘 드리고 받아보았는데
과장님 말씀이 물론 결혼을 한다면 휴가를 허락
해준다고 했습니다.
아버지, 그간 가을 수확은 어떻게 되시었는지요?
또한 보리는 가셨는지요?
편지로 자세히 말씀하여 보내주십시오.
편지는 학교로 그냥 보내주십시오.
상서할 말씀 많사오나 이만 그치고 자세한 말씀
은 아주머니로부터 잘 들으십시오.

계사 9월 18일
소자 정규 상서

정진환이 부모님에게

저에 대해선
아무 염려하지 마시길

어머니 아버지, 그동안 안녕들 하셨습니까.

저는 몸 성히 근무에 충실하며 별고 없이 잘 있습니다.

오늘은 크리스마스군요.

닌호아 교회에 가서 예배 보고 야자수며 바나나를 먹었습니다.

요사이 날씨는 고국의 가을 날씨같이 선선합니다. 덥지도 않고

춥지도 않아서 군 생활하기는 고국에서보다 훨씬 좋습니다.

공병대라서 작전에도 나가지 않기 때문에 걱정할 필요가 없습니다.

그러니 저에 대해선 아무 염려하지 마시길 바랍니다.

부모님과 동생들이 건강히 잘 있어주기만을 빌고 또 빌겠습니다.

수당을 타서 집으로 송금하겠습니다. 그때 가서 연락하지요.

그럼 오늘은 이만 쓰겠습니다.

먼저 한 편지는 받았는지요?

안녕히들 계십시오.

1969. 12. 25.

월남에서 진환 올림

이역만리 월남에 와서
서로 만나니

정말로 반갑고

그동안도 안녕들 하셨습니까.

그리고 진유, 진수, 명희도 안녕들 하냐.

어머니 그리고 아버지 이곳 진환이는 여전히 건강한 몸으로 잘 있

습니다.

요사이 날씨도 바람이 산들산들 불고 화창합니다.

가끔 사단 백마강당에서는 쇼가 들어와서 구경을 합니다.

그리고 저녁마다 영화 구경을 하고 자지요.

가까운 곳에 교회가 있어서 주일마다 나가지요.

그러니까 시간 가는 줄 모를 정도입니다.

참, 복한이는 만나봤습니다. 이역만리 월남에 와서 서로 만나니 정말로 반갑고 감격스러웠습니다. 우리 공병대에서 2km쯤 떨어져 있기 때문에 앞으로도 자주 만날 겁니다. 그러니까 내가 복한이 있는 곳을 찾아가서 만났지요. 가니까 매복 갔다 왔다면서 잠을 자고 있더군요. 복한이는 또 사흘 후에 작전을 나간다고 하는군요.

이번 1월분 수당을 받아 55달러를 집으로 송금을 하겠습니다. 말 듣기엔 2월 20일쯤 집에서 받아볼 수 있을 거라고 합니다. 그때 우체국에 가셔서 찾으세요. 그래서 진유 입학금으로 사용하세요.

윗마을 형이 해준 답장 편지를 잘 받아봤습니다.

어머니, 진환이는 잘 있으니 너무 염려하지 마세요.

그럼 오늘은 이만 씁니다.

안녕들 계십시오.

월남에서 진환 올림

추신 진유야, 이 편지 읽은 후에 답장할 때 "개구리"라고 써라. 그러면 이 편지가 간 줄 알 거다. 고국에 있으면 후위서 손 을 호호 붙며 군 생활을 해야 되는데 이곳에서 런닝구 바람으로 살 수 있으니 얼마나 좋습니까. 아무리 전쟁터라 할지라도 우리 공병대는 안전합니다. 진유 진수 공부 열심히 하시라.

내일이면
부대를 출발하여

귀국선을 탄답니다

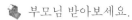 부모님 받아보세요.

그동안 안녕들 하셨어요.

아침으로 쌀쌀한 날씨겠지요.

동생들도 여전히 학교 잘 다닐 줄 믿어요.

이곳 진환이는 염려 덕분에 무사히 잘 있습니다.

오늘은 신고식이 있었고 내일이면 부대를 출발하여

귀국선을 탄답니다.

이 편지가 집에 들어가기 전에 내가 먼저 집에

들어갈지도 모르는 일이군요.

가을 농사일은 어느 정도 됐겠지요.

귀국 때가 되니 좀 바쁜 나날이었어요.

조명탄 불빛 환한 이곳은 선선한 날입니다.

별탈없이 잘 있다가 귀국을 하는 이 마음 한없이

기쁩니다.

이곳에서 보내는 마지막 편지입니다.

항상 모두 건강하시길 빌며 오늘은 이만 써야겠군요.

교회 좀 다녀올까 해서 말입니다.

안녕들 계십시오.

70. 11. 6. 일요일

월남 전선에서 진환 올림

휴전이 가까워오고
있기 때문에

당신의 편지 부모자식 편지

🪶 부모님 귀하

그동안 안녕하셨습니까.

저는 부모님의 염려 덕분으로 항상 근무에 충실하고 있습니다. 이곳 월남에도 휴전이 가까워오고 있기 때문에 모든 생활이 순조롭게 진행되어가고 있습니다.

저에 대한 걱정은 조금도 하시지 마십시오.

지금 춘천에는 눈도 많이 내리고 추위도 고비가 지나가고 있을 것으로 생각됩니다. 변절기에 부모님의 옥체보존에 더욱 유의하여 주시기를 부탁드립니다.

1월달 수당 100불 송금하였습니다. 냉장고도 한 대 사놓았습니다. 값 59,000원입니다. 이곳에 오랫동안 있으면 필요한 물건은 좀 이루어서 가겠는데 요즈음 정세로 보아서는 오랫동안 있을 것 같지가 않습니다.

건강한 몸으로 귀국하는 것만도 만족하게 생각하겠습니다. 부모님과 상면할 때까지 근무에 충실하겠습니다.

부모님 만수무강하옵시기를 기원합니다.

안녕히 계십시오!

(연도 미상). 1. 20.

학 드림

형 결혼 이야기는
어떻게 된 것이죠?

from
윤이중이
부모님에게

🪶 부모님 전상서

푸른 하늘에 오색 무지개, 그것은 지는 꽃보다도 아름답습니다.

젊음과 함께 꽃 피고 지는 봄은 가버리고 녹음이 우거지는 계절이

눈앞에 닥쳤습니다.

그동안 아버님 안녕하셨습니까?

불효자식은 전과 다름없이 군 임무에 충실하고 있습니다. 이것이 부

모님 덕분이라 믿고 기억하고 있습니다. 오늘도 아버님의 하서를 받

고 기뻤습니다. 언제나 다시 부모님 슬하에 가서 보살핌을 받을지

모르는 것. 다만 보내주신 하서로 부모님을 대면한 것 같습니다.

월남 기후는 섭씨 40도 내지 45도를 오르내리고 있습니다. 우기 때에

는 조석으로 추워서 야단이었는데 지금은 야간에도 매우 덥습니다.

아버님 저번에 말씀하신 것, 형 결혼 이야기는 어떻게 된것이죠? 저번에 형한테서도 들었지만, 저는 결혼은 시급하다고 보는데요. 나이가 서른이 다 되는데 총각으로 둘 수가 있습니까? 부모님이 알아서 시켜야지요.

아버님 요즘에 농촌에서는 매우 바쁘시죠? 보리타작, 못자리 손질, 가래질 이외에도 여러 가지 있을 것입니다. 일철에는 눈코 뜰 새 없이 바쁘시죠. 내가 얼른 귀국해서 아버님이 하시는 농사 일 거들어 드리겠습니다.

이곳 월남 지역은 항상 농사철이라 그런지 몰라도 급히 서둘러서 일을 하는 법이 없습니다.

다음에 월남 소식을 전하겠습니다.

아버님, 이 밤도 안녕히 주무세요.

월남에서

불효 자식이 드림

추신 저번에 아버님께서 보내준 《운현궁의 봄》, 《수양대군》, 기타 책과 편지 한 통 받아서 저번에 상서를 보냈습니다. 이번 편지에 문의하였으므로 또 다시 한 번 보내드립니다.

장인 장모가 정재동에게

산달이 다가온다고 걱정도 말게

정 서방 받아보게.

보내준 편지는 너무나도 잘 받아보았네. 그동안도 몸 성히 잘 있다고 하니 정말 반갑고 기쁘기 짝이 없네.

우리도 정 서방이 항상 염려하여주는 덕분으로 오늘도 몸 성히 잘 있으니 안심하시게. 편지를 받고 곧 회답을 하려고 한 것이 차일피일 미루다 보니 너무나 오래되었네. 대단히 미안하네. 그저 용서만을 빌겠네.

금년에 농사는 잘되었네. 노풍*이란 종자를 한 분들은 실패를 봤지만 우리 농사는 잘되었으니 걱정 말게. 어제 김장도 다 하고 했으니 별로 할 일도 없지.

그런데 며칠 전 대구 혁이네 엄마와 함께 대전에 은주네 집엘 다녀왔는데 모두 몸 성히 잘 있고 하니 너무나 걱정하지를 말게. 그리고 산달이 다가온다고 걱정도 말게. 저번에 가보니 산달이 되면 은주

네 할머니를 은주네 고모부가 데리고 오신다고 조금도 걱정을 말라고 신신부탁을 하니 나도 걱정을 하지 않겠지만 정 서방도 너무나 상심하지 말게. 은주네 할머니가 오시면 오죽 잘하시려고.

그러니 집 걱정은 조금도 하지를 말고 부디 맡은 임무만 충실하여 귀국할 그때를 기다리고 바라세.

정 서방을 보고 싶은 그 심정은 정 서방이 은주와 은희를 보고 싶어 하는 것과 똑같네. 그러니 우리는 보고파도 참고 외로워도 참고 기뻐도 참아, 다음에 만나서 그 재미있는 이야기들을 피차 나누도록 하세.

아버지도 몸 성히 잘 있으니 걱정을 말게. 내내 정 서방 건강을 빌겠네. 겨울 날씨에 몸 조심하시게.

1978. 12. 10.

장모로부터

* 1977년 육종책임자의 이름을 따서 노풍이라 불리게 된 노풍벼는 1978년 한반도를 휩쓴 변종도열병의 타격을 입어 농가에 큰 손실을 입혔다.

요번만은 아들을 낳았으면
오죽 좋겠냐마는

📮 재동께 답장

수개월을 소식이 없어서 궁금하던 중 너의 편지를 받아보니 일희일비로구나.

그동안 너의 몸이 건강하여서 매일 출근한다 하니 무엇보다도 제일 반갑다.

이곳 부모는 외내가 별고 없고 대소댁이 아무 변고 없음은 네가 항상 염려하여주는 덕분으로 생각하노라.

그리고 너의 병모*님께서 음력 정월 초 7일에 대전을 다녀왔다. 대전에 가서 보니 산모도 몸이 건강하고 어린애도 충실하게 잘 자라더라고 하고 일가족이 별고 없다 하더라.

너도 요번만은 아들을 낳았으면 오죽 좋겠냐마는 이 일은 세상에 마음대로 못하는 일이니 조금도 서운히 생각말고 귀국할 동안 몸이나 조심하기를 바라고 이만 끝맺는다.

서기 1979. 양력 2. 7

병부가

* 장인, 장모를 방언인 병부, 병모로 표현했다.

우리나라가
참 아름답다고
생각했다

from
하경희가
송재환,
송재윤에게

🍂 사랑하는 재환, 재윤아

긴 여행을 하면서 우리나라가
참 아름답다고 생각했다.
기회가 있으면 함께 기차를
타고 아빠랑 너희들이랑 여행을
해야겠다고 생각했단다.
석굴암은 작년과 다르게 모양을
변형시켜 섭섭했지만 해 뜨는
모양은 장관이었다.
오늘은 울산공업단지, 포항해변,
그리고 통도사 등을 구경한다.
토요일 저녁에 갈게. 잘 있어.

(날짜 미상)

친
지

편
지

형, 누나, 오빠, 동생…… 그리고 사촌과
친척 어른들.

비슷한 피를 가지고 사는 어딘가 닮은 사람들. 명절 때면
좁은 방에 모여 밤새 떠들다 지쳐 잠이 들기도 했던,
그래서 그들 얼굴을 떠올리면 두서없이 왁자지껄했던
소리가 떠오르기도 한다.

"형, 정말 세상이 무엇인지? 우리 무엇 때문에
월남에까지 와서 피를 흘리며 싸워야 하는지? 정말
어떻게 보면 너무나 허무한 인간의 생활 같군요."

군대에서, 여행길에, 외국에서 일을 하며, 베트남 파병
가서 보낸 편지들.
낯선 삶을 시작하며, 또 적응을 하며 떠올렸을 그리운
이름들. 피는 물보다 진하다고 했지. 그래서 더 한
핏줄에 엮인 이름들이 떠올랐을지도 모른다.

이들이 주고받은 말들은 때로는 피식 웃음이 나올
정도로 귀엽기도 하다. "처남, 참 바나나와 파인애플
혼자만 먹어서 죄송합니다" 하며 전하기도 하고,
여동생의 무좀을 걱정하기도 한다. "지금까지 무좀이
없어지지 않았으면 연락해주기 바란다"며 좋은 약을
전해주겠다고 약속한다.

요즘, 누가 동생의 무좀이 낫지 않을까
걱정하고 처남 놔두고 혼자 바나나와
파인애플을 먹어서 죄송하다고
말할까.

아무래도 그때는 정이 넘치는 시대였다. 그래, 정.
겉으로는 투박하지만 알고 보면 그 속은 달콤한
그 '정' 말이다.

이완수가 이농수에게

분주하고 경박한 품성들에
물들지 않기를

🧘 사랑하는 농수에게!

세월도 빨라서 정원에 진달래, 개나리꽃을 보매 옛 일이
선연히 떠오르는구나.

저번에 네 편지 잘 받아보았다. 지난 휴일 아버님 뵈었다.
안녕히 귀가하셨는지 궁금하다.

그간 아버님, 어머님, 형님, 누님들 온 가정 두루 무고하시고
여전히 건강한 몸으로 너도 공부 잘하고 있느냐?

청주 일 잘 해결되고 어머님께서도 건강하시다니 기쁘구나.

작은 누나는 완전히 회복되었는지? 벌써 오늘이 보름.

참 세월도 빠르구나.

아침 기상 후 일조점호 행사를 하면서 동녘에 샛별을 볼
때 감회 무한하구나. 너도 그때면 누님들이 지어준 아침을
먹고 집을 나서려 할 때일 것이다. 부디 현 세대의 분주하고
경박한 품성들에 물들지 않기를 바란다.

이비님께서 늘고 오신 송편은 정말 맛있게 먹었다. 어머님,
누님, 아버님도, 너도 둘러앉아 내 생각하며 만들었겠지.
기쁘거나 슬프거나 느낌을 참아 소화하지 않으면 무의미한
것에 지나지 않는다. 그러나 누르고 볼 줄 알면 참된 뼈와
살이 되는 것이다. 생도 생활은 참으로 바쁘다. 특히 1학년
때 더욱 그렇다. 내 자주 편지 않더라도 일주일에 한 번씩은
꼭 편지해다오.

온고이지신(溫故而知新)이란 말도 있지만, 참된 성(誠)과
평화가 무엇인가 알려면 '옛'을 모르고는 정말 모르는
법이다. 네 주위의 어느 하나의 물건도 진리의 운행에 들지
않는 것 있더냐? 마음을 조용히 하고 바르게 하고 멀리 볼 줄
알아야 한다.

정말 지난 1년 동안의 집에서 생활은 나에게 하루하루가
잊을 수 없는 날들이다.

부디 어머님, 아버님의 뜻을 받들고 형님, 누님들 말씀
잘 들어라. 외계(外界)의 다른 사람이나 사물의 고통과
즐거움을 모르면서 어떻게 자신의 안일함을 구하겠느냐?
너의 편지 읽고 내 생각에 공감하는 너를 그리며 매우
기뻤다.

이제 공부 잘하고 두 달이 지나면 6월 25일경 고향에
하기휴가를 가게 된단다.

나는 언제나 신명의 가호하심과 더불어 심신수련과 학업에
최선을 다하고 있다. 첫 생도 생활을 시작한 지 2개월에
접어들고도 오늘 보름이다.

이번에 꼭 부탁할 것이 있다. 생활을 하다 보니 불가피하게
돈 1,000원이 필요하구나. 참아보려 했으나 어쩔 도리
없다. 구차하고 번잡한 가정을 생각할 때 차마 이 말을
못하겠구나. 형님께 부탁해서 여유 있는 대로 곧 보내주시길
바란다. 시계는 당분간 필요가 긴박하지 않다. 매일 시간을
통제해주니까. 그리고 이 다음 아버님 상경하실 때 호실용
빗자루를 하나 사오셨으면 한다. 여기에서는 한동안 구입할
수 없다.

부모님 이하 온 가정에 신명의 비호(庇護)하심과
행복(幸福)이 깃들기를 기원하며 이만 그친다.

1966년 4월 제3주

형 완수로부터

추신 학교 정원에 심고 나니 내가 거처하는 호실에 심을 꽃이 더 있어야
겠다. 다음 주에 오실 때 백합 서너 폭을 더 보내주시길 바란다.

그 태양
광명을 비추는

그날들

👤 사랑하는 아우에게!

지난 주일 너의 편지 기쁘게 받아보았다. 그간 부모님

안녕하시오며 형님, 누님들도 안녕하시고 너도 충실히 공부 잘하고

있느냐? 이곳 나는 전보다 훨씬 건강한 몸으로 학업에 충실하고

있다. 그리고 여기 새 형님도 안녕하시며, 이 다음엔 사진을

보내주겠다.

네가 사랑방을 공부방으로 했다니 매우 기쁘구나. 그리고 형님께서

하시는 일이 순조로이 되어간다니 정말 기쁘다. 이제 앞으로 일이

활짝 열릴 것이다.

모든 학과와 더불어 독일어를 열심히 공부하고 있다. 독일

육사선발시험도 곧 다가오는구나! 신명(神明)의 뜻과 더불어

최선을 다하고 있다. 독일 육사시험을 치르고 자신 있게 합격한
다음 6월 25일 하기휴가를 떠나 26일 일요일 집에 갈 것이다.
어느새 벌써 녹음이 짙어가고 있다. 밤에 잠을 깨면 개구리들이
합창하는 소리 무한히 들리고, 이른 아침에는 앞뒷산에서 꾀꼬리도
노래한다.
지난 일요일 5월 8일은 '어머니날'이었다. 생활에 젖어 있느라고
여념 없다가도 늘 생각나서 부르는 노래가 바로 〈어머니 마음〉이다.
그날따라 어머니를 그리며 아버님, 누님들, 형님, 너를 그리며
몹시도 보고 싶었다. 그리고 할아버님의 말씀도 생각해보면서
앞으로 더욱 성실히 열심히 공부하자고 다짐했다.
몇 년 전 집에서 놀던 해에서부터 그 이후 생활의 하루하루가
정말로 나에게는 잊지 못할 날들이다. 그 밤하늘에 별들도

찬란했고, 그 새벽에 태양도 붉었다. 코스모스 만발한 가을날
아침엔 누렇게 익은 벼이삭으로 들녘이 덮였고 하늘은 광활하고
파랬다. 맑은 바람결에 우거진 솔 사이로 그 파란 하늘과 아름다운
태양. 그리고 태양이 서녘으로 넘어갔을 때 초저녁 별빛이 길게
뻗치고 교회의 종소리는 영원을 노래했다. 그리하여 밤은 가고
다시 샛별 뜬 새 날이 오면 동녘의 여명 따라 그 태양 광명을 비추는
그날들이었다.

지금 생활은 생도대와 교수부에서의 학습과 생활의 테두리에
있어서 외부에서는 계절 기후가 어떤지 잘 알지 못한다. 옛 생각을
하면서, 이때면 밭에 아욱이 나고 네 말대로 보리밭에서는 보리
이삭이 나오고 있을 것임을 기억해본다.

하여튼 열심히 공부하고 마음을 깨끗이 하고, 자신과 신명(神明)에

그 밤하늘에 별들도 찬란했고,

그 새벽에 태양도 붉었다.

코스모스 만발한 가을날 아침엔

누렇게 익은 벼이삭으로 들녘이 덮였고

하늘은 광활하고 파랬다.

대해 부끄러움 없도록 하라. 매일매일 그 시간에 열심히 공부하고
도서관에서 《플루타크 영웅전》도 봐라. 처음엔 재미없으나 볼수록
재미있는 책이다. '테세우스', '로물루스'와 '알렉산더 대왕'과
'시저'가 나온다.
정말 지금도 늘 보고 싶은 책이다.
여기에 기초군사훈련 때의 기념사진과 입교식 하고서 찍은 사진을
보낸다.
부모님과 형님, 누님들 말씀 잘 듣고 건강히 공부 잘해라.

1966년 5월 15일
형 완수로부터

무엇 때문에
월남에까지 와서
피를 흘리면서 싸워야 하는지?

from
공성남이
한태석에게

👤 형에게

형, 그동안 모두 안녕하시며 장사도 잘되는지 정말 궁금합니다.
제가 월남에 온 지도 어언 16개월째 접어들어서인지 아무런 불편
없이 귀국 날만 기다리며 생활하고 있습니다.

고국은 마냥 즐거운 계절이겠지만 이곳은 우기에 접어들어 날마다
비가 쏟아지는 바람에 정신을 영 차릴 수가 없군요.
이제 우리 집안도 우리가 일으킬 때가 되었다고 생각하는데 전 아
직까지도 배움밖에 정신이 없으니 요사이 귀국을 앞두고 매우 고민
이 되는군요.
진정 전쟁터에서의 인간이란 건 너무나 허무한 것 같아요. 우린 진
정 무엇 때문에, 무얼 하고 싶어 살아야 하는지? 답을 얻을 수가 없
습니다.

형, 정말 세상이란 무엇인지?

우린 무엇 때문에 월남에까지 와서 피를 흘리면서 싸워야 하는지?

정말 어떻게 보면 너무나 허무한 인간의 생활 같군요. 저도 어떻게
해서든지 보람찬 생활을 영위해보려고 하나 요사이는 왠지 잠도 못
자고 점점 산다는 것이 두려워져 고민만 늘어가는 것 같군요.

이제 저도 월남 생활 2개월밖에 남지 않아 편지도 많이 해야 두 번
정도밖에 되지 않을 것 같으니 이 편지 받으면 답장이나 해주십시오.

큰 누나, 작은 누나 모두 안녕하신지 궁금하군요.

그럼 답을 기다리며 오늘은 이만 줄입니다.

69. 10. 11.

퀴논에서 성남 씀

임준식이 정재동에게

나조차 소식 띄우지 않는다고
오해를 많이 했겠지

👤 읽어주게나.

수억만리 낯선 타국에서 불철주야 근무하느라 얼마나 고생이 많은가.

이곳 나는 수억만리 타국에서 염려해주는 동서의 마음에 힘 받아 연일 매사 일에 여념이 없다네. 어린아이들도 모두 건강히 잘 자라네.

펜을 들어서 몇 번이나 써서 지우곤 했다네. 나의 성의 부족이겠지.

운봉의 작은 형님도 수만리 수평선 위에서 황해를 떠나셨다네.

구정에 봉곡 식구와 장모님께서 대전을 다녀왔다네.

자네가 좀 서운하겠네. 그러나 용기를 내어서 굳게 살아보세. 자식이 남자면 무엇하고 여자면 어떤가. 남달

리 약한 살림에서나마 참되게 기르는 것만이 오직 자
네나 부모된 모두가 할 일 아니겠는가.

자네가 1년 더 연기를 한다는 소식은 들었네만 확정
이 되었는지?

나조차 소식 띄우지 않는다고 오해를 많이 했겠지. 모
든 것 우리 서로 풀고 시간 나는 대로 소식 전하기로
하세.

다른 것보다 자네의 검고 건강한 모습을 하루 속히
보고 싶군.

연장을 하면 휴가는 있는지, 있으면 시기가 언제쯤 될
는지 최대한 명확히 소식 주게나.

시간이 있으면 서울서 만나고 여의치 못할 땐 김천이
나 대구에서 상면하세나.

그동안 나누지 못한 이야기는 만나서 마음껏 하기로

하고 이런 부탁은 나 자신이 어렵지만 자네가 쿠웨이
트에서 활동하는 모습을 좀 보고 싶군. 사진으로나마
보게 해주게나.

소식 기다리면서…….

요즈음은 상당히 바빠서 편지 쓸 여유조차도 없다네.

우리 만나서 약주나 한잔 쭉 하자구나 말일세.

연일 이어지는 업무에 매사가 충실하길 빌면서,

넓으신 은혜에 감사드리며, 자네의 건투를 바라네.

1979. 4. 5. 밤 11시

대구에서 준식 서

자네가 1년 더 연기를 한다는 소식은 들었네만 확정이 되었는지?

나조차 소식 띄우지 않는다고 오해를 많이 했겠지.

모든 것 우리 서로 풀고 시간 나는 대로 소식 전하기로 하세.

한 해를 뒤돌아보니 허무감만 남고

🧑 동서 전

일사불란했던 을미년 마지막을 보내며 다사다난한 한 해를 뒤돌아 보니 허무감만 남고 1년이란 세월이 노래와 같이 물거품뿐이군.

정 서방 가내는 두루 평안하며 집안 대소가도 안녕들 하신지?

은주, 은희, 막내는 건강한 몸으로 충실히 학교에 잘 가고 잘들 자라 는지 궁금해 펜을 들었네.

이곳은 두 내외 염려 덕분에 연일 이어지는 시가 생활에 여념이 없 다네.

정 서방은 지금은 무엇을 하고 있는지. 시간이 그렇게도 틈이 없던 가. 서운한 마음 이루 말로써 표현을 못하겠군.

우리 없을수록 더 친절과 인정을 겸하여 다른 형제자매들보다 남달 리 유별나게 친밀함을 나누어 사촌들보다 더 화목하고 우애 있는, 그 야말로 참된 형제가 되어주도록 서로서로 힘을 모아 경주해보세나.

할 말은 많으나 시간상 이만 펜을 줄이며, 다가오는 크리스마스와 신정에 많은 행운과 복이 깃들고 소원 성취하기를.

1979. 12. 19.

대구에서

쭉 뻗은 야자수,
먹음직스런 바나나

from
성호가
아저씨에게

👤 아저씨 전상서

서신 전한 후 소식 몰라 궁금하던 차에 아저씨 답서를 받고 보니 반가운 마음 금할 길 없군요.

할머님을 비롯해 가내 무고하시다니 더없이 기쁩니다.

이곳 저 역시 염려하여주시는 덕에 별고 없이 잘 있습니다.

그럼 아저씨가 부탁하신 월남 소식 전해드릴까요?

1년이 두 계절로 우천기와 건천기로 되어 있는 이곳. 밀림과 정글 무성하기도 하지요. 뿐만 아니라 이리저리 날아다니는 산닭, 산돼지. 그런가 하면 소도 상당히 많군요.

쭉 뻗은 야자수, 먹음직스런 바나나. 이 모두가 이곳에 명물이겠지요. 열대지방인 이곳에선 열대성 식물은 물론이고 지금도 벼가 자라며 베고 또 심고 하여 1년 내내 농사를 짓고 있습니다.

일찍이 남의 나라에 지배만을 받아온 이곳에선 각국 언어가 짬뽕되어 일본어, 중국어, 불란서어, 그리고 월남어를 사용하며 문자는 영어 알파벳을 사용하고 있는 이곳. 중국의 문명을 이어받아 불교의 제국입니다. 가는 집집마다 제상이 마련되어 있고, 석가모니를 숭배하는 유부녀들은 이에 까만 칠을 하여 볼품이 사나울 뿐 아니라 이곳 주민들의 몸에서는 악취가 풍기는 것이 사실이군요.

더욱이 검은 옷을 주로 입는 월남인들 마음까지 검은 듯 추하기는 한이 없습니다. 그리고 남녀노소를 불문하고 삼각모를 쓰고 맨발로 다니는 것이 특색입니다.

이만 오늘은 여기서 펜을 놓아야겠군요. 다음 소식 많이 전해드리겠습니다. 그럼 단 한 가지의 부탁, 제가 미처 서신 전하지 않더라도 종종 서신 바랍니다.

할머님 모시고 가내 평안하시고 안녕히 계십시오.

멀리 월남 전선에서

성호 드림

쭉 뻗은 야자수. 먹음직스런 바나나. 이 모두가 이곳에 명물이겠지요.
열대지방인 이곳에선 열대성 식물은 물론이고 지금도 벼가 자라며 베고 또 심고 하여 1년 내내 농사를 짓고 있습니다.

못난 동생은 형님이 늘 아껴주시는 덕으로

from
강치원이
강준원에게

👤 안녕하십니까?

오늘도 찌는 듯이 내려쬐는 폭양 아래 농번기를 맞아 아저씨 육체만 강하시며 형님 내외분 물론 어린 조카들까지도 몸 건강히 학업에 열중하온지요.

이곳 못난 동생은 그래도 형님이 늘 아껴주시는 덕으로 몸 건강히 잘 있답니다.

형님께 일찍이 서신을 전하려 했으나 사정에 의하여 필리핀에 다녀오느라고 이제 이렇게 편지 씁니다. 오후에야 시간이 비어 이렇게 형님께 다소나마 전합니다.

일찍이 형님께 이야기한 바 있는가 모르지만 이곳 외국인들과 합동 근무를 하다 보니 덕분에 각국 몇 개의 나라 구경은 잘 한답니다. 내일 미국으로 친우와 함께 떠난답니다. 정말 재미있어요.

그럼 형님 오늘은 여기서 줄여요.

가정에 별고 없이 안녕하시길 비오며 안녕히 계십시오.

치원 올림

(연도 날짜 미상)

김기성이 강준원에게

순자 반지를
여기서 사서 보내주려고

👤 처남 받아 보아주십시오!

처남, 그간 안녕하십니까?

부모님 외 가내 두루 화평하오며 집안 대소가 편안들 하시겠지요?

저도 별고 없이 하루하루를 보내고 있습니다.

서글서글한 처남의 모습을 회상해보면서 오늘도 낮 10시 25분에 또 몇 자 부질없이 써봅니다.

언제나 돌아가서 처남과 같이 정답게 술좌석이라도 가질지. 젊은 세대의 처남과 저는 거리를 좁히지 못하고 만나기를 자꾸 멀리하게 되는 것 같군요. 이제는 더욱 떨어져 있는 몸이고 보니 고국에 계신 분들과 처남이 더욱 그리워집니다.

처남 참, 제가 그 전에 부탁드린 반지 말입니다.

순자 반지를 여기서 사서 보내주려고 처남께 양평서 말씀드렸잖습니까.

그런데 여기는 금이 아주 나쁘고 가치가 없습니다. 금 한 돈에 700원밖에 안 하는군요. 그래서 한국에 돌아가 내가 꼭 해준다고 하더라고 연락하여주십시오. 기다리고 있을지도 모릅니다. 적금을 10만 원짜리 들었더니 쓸 돈이 없군요. 그래서 고국에 돌아가 해야겠습니다. 적금을 의무적으로 하기 때문에 한 달에 만 원씩 적금하고 4천 원밖에 안 남으니, 뭐 하고 자실 돈이 없습니다. 그곳이나 이곳이나 돈 헤프기는 마찬가지군요.

그나마 10만 원짜리 적금을 했으니 다행이지 다 쓰고 돌아갈 뻔했습니다. 놀기 좋은 곳이 월남이랍니다.

처남, 참, 바나나 파인애플 혼자만 먹어서 죄송합니다.

처남 생각이 자꾸 납니다. 싱싱한 열매를 드리고 싶으나 그러지 못하는 신세!

돌아가 처남과 따뜻한 정 나눌 것을 생각하면서 오늘은 간단히 두서없이 쓰고 펜을 놓겠습니다.

회답이나 주소서.

안녕히 계십시오.

66. 11. 5.

불초 매부 드림

나이 어린 기성이한테 와서
귀염도 못 받고

♟ 애처로운 심정에서.

처남, 그간 안녕하셨습니까?

불초 소생도 별일 없이 하루하루를 보내는 가운데 벌써 크리스마스를 맞게 되는 몸이 되었습니다. 고국에서 크리스마스를 맞지 못하는 심정. 고국에 있었다면 친구와 막걸리라도 마시면서 밤을 즐겨볼 텐데, 이역 땅에 있고 보니 맥주 한 잔도 베트콩과 같은 공기를 쐬어가며 마셔야 하다니. 이렇게 1년에 마지막을 보내자니 모두가 보고 싶습니다. 처남께서는 지금 좋으시겠습니다. 그 모습, 그 얼굴. 이다지도 보고 싶은 얄궂은 운명. 계집애만큼 못 참을 듯 보고픈 심정이고 보면 어서 내년 9월이 오기를 기다려집니다.

마음껏 먹고서 주정할 세월은 이미 저물어가고 이젠 의좋게 앞날을 설계하고 서로 남보다 특출한 삶을 맛볼 수 있게 되기를 기원하는 마음뿐. 이런 생각을 하면 어딘지 모르게 기운이 복받치며 새 희망이 솟아납니다.

한쪽에선 벼를 베고 한쏙에선 모를 심고 한쪽에서는 벼잎이 파랗게 자라나는 월남. 이런 광경을 볼 때마다 전쟁하는 나라 같지는 않은데 분명 전시인 월남. 춥다는 고국 품 안이 그립고 순자가 보고 싶어 기성이는 기어이 가야겠습니다. 하하…….

나이 어린 기성이한테 와서 귀염도 못 받고 호강도 못하고 괜히 시동생들 때문에 풍파를 겪어야 했었고……. 참 민망하여 처남께 뵈올 낯이 없었습니다.

그러나 언젠가는 기성이도 이 무천한 탈을 벗고 누구에게나 지고 싶지 않은 못된 성질로 기어이 일어날 날이 있을 거요. 좀 무시하는 것 같으나 그것이 아니고 이 기성이가 동서들 중에 제일 잘 살아볼 희망과 포부를 지니고 있으니 순자를 굶기지는 않을 거요. 인물 잘난 사람만 출세한다는 법칙은 없으니까요.

기성이에게 동생을 주고서도 근심이 되셨을 겁니다. 좀팽이 같다고 의심하였던 날도 많았을 겁니다. 그러나 개천에서 용 난다는 옛말과 같이 노력하면 안 될 일이 이 세상에서 있겠습니까?

괜히 딴 방향으로 흘러버렸군요. 그러나 정든 얼굴에 하소연하는 기성이랍니다. 아~ 운명은 재천이다!! 기성이는 장가를 잘 들었고 처남께서 이렇게 생각하여주시는 덕분에 머지않아 반가운 낯으로 부산항 제3부두에서 일생에 처음 느껴보는 환희를 갖게 될 겁니다.

기구한 운명 속에서 허덕여야 되는 기성이 때문에 너무 상심 마소서.

모든 일에 근심 걱정을 드리게 되어서 죄스러운 기분이랍니다.

순자에게 편지나 해주십시오.

겨울을 나려면 고생이 많을 겁니다.

먼저 두어 번 편지하더니 이젠 편지가 안 오는데요. 마음이 변한 모
양이로군요. 하하, 농담이지요.

군에 있어 서신으로 알릴 수 없는 것도 있고 하니 이 다음에 만나면
재미있는 이야기 전할 것을 기약하면서 두서없이 이만 총총. 하필
하옵니다.

안녕히 계십시오.

(연도 미상) 12. 9.

매부로부터

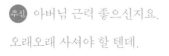 아버님 근력 좋으신지요.

오래오래 사셔야 할 텐데.

동수가 김영자에게

무좀 님은 약간 해선 달아나지도 않는데

👤 영자 앞.

그간이나마 이모님을 비롯해서 네가 잘 있는지 소식 궁금하여

몇 자 적어본다.

아팠던 발 님께서는 다 나았는지.

무좀 님은 약간 해선 달아나지도 않는데 걱정이 되는구나.

지금까지 무좀이 없어지지 않았으면 연락해주기 바란다.

고잔리에 사는 한 사람이 나하고 같이 근무하다가 금년 12월 초에

귀국하게 되거든. 그 사람에게 무좀이 없어지는 약을 구해서

직접 너에게 전해주라고 할 테니 낫지 않았으면 연락 바란다.

그 사람은 졸병이니까 네가 말하면 무엇이든 들어줄 수 있다.

나는 여기 와서 계급이 하나 더 올라갔으며 편하게 잘있다.

그러니 아버님께도 염려하시지 말라고 전해주기 바라.

그럼 다음에 또 소식 전할게. 안녕……

67. 11. 5.

월남에서 동수가

짐승 아닌 내가 사람을 많이 죽였으니

🧍 영자 앞.

영자, 너와 헤어진 지도 어언 1년이 다 되었지?

그동안 이모님은 안녕히 계시며 형님 형수씨도 안녕하신지?

그리고 너를 비롯해서 성철, 인순이 잘 있으며 형제 형님댁도 무고

하신지 정말 궁금하구나.

언젠가 내가 월남에 처음 왔을 때 너에게 편지했더니 아무 회답이

없어서 얼마나 섭섭했는지 몰라.

지금쯤 고향에는 농번기를 맞이한 농부들의 손길이 바쁘겠구나.

나는 새삼스럽게 우리 한국이 참 좋은 나라라고 생각했어.

1년 중 4계절이 뚜렷이 있으니 말이야. 4계절을 모르고 지내는 이곳

전쟁터 월남은 무한정 덥기만 해. 따라서 우린 뜨거운 해님 때문에

아메리카 검둥이를 무서워할 정도야.

그러나 우리 맹호들의 전과는 날마다 산더미처럼 쌓이고 있어. 지

나간 4월 19일에는 우리에게 커다란 비극이 지나갔어. 그날 우리가

여기 와서 최고로 치열한 작전을 했는데 우리 분대 아홉 명 중 한 명

이 전사하고 세 명은 부상을 입었어. 현재 우리 중대는 특공대로서

최전방에 와 있는데 이곳은 전후방이 없으므로 사방이 베트공 지역이며 날마다 적과 교전하기 때문에 피비린내는 가실 날이 없고 여기저기서는 요란한 포성과 총성만이 요란할 뿐······. 쓸쓸하기는 말할 수 없이 쓸쓸해. 부락마다 가옥마다 잿더미가 되고 주인 잃은 개, 돼지, 소, 여러 짐승들은 해만 지면 자기 주인을 찾는 양 이리저리 몰려다니며 구슬프게 울고 있어.

정말 전쟁이란 두 글자가 무엇인지.

우리가 처음 월남에 왔을 때 굳게 약속하며 꼭 살아서 다 같이 고국에 돌아가자고 맹세했는데 지금 보이지 않는 전우들이 많이 있어. 이럴수록 우리 마음은 외롭기 한이 없고, 오지 않는 고향 소식은 어려서 설날 기다리듯이 기다려지기만 해.

영자. 우리 집 소식은 잘 알고 있는지? 잘 알고 있다면 무사한지 다음에 꼭 소식 같이 전해주길 바란다.

나도 월남에 와서 죄를 많이 지은 것 같아. 짐승 아닌 내가 사람을 많이 죽였으니 말이야. 그러나 내가 먼저 죽이지 않으면 오히려 내가 먼저 죽기 때문에 내가 살기 위해서는 할 수 없었어. 이것이 모두 큰 죄가 될 것 같아.

지금까지 너무 쓸데없는 말을 했나 보구나. 글을 읽다가 말이 되지 않으면 붙여 읽고 틀린 데가 있으면 고쳐 읽기 바란다.

이곳 소식 전하려면 끝이 없으나 오늘은 여기서 줄이고 다음에 또 소식 전하겠다.

그럼 다음 소식 전할 때까지 안녕히……

5. 12.
월남에서 동수가

놀 때보다
쉴 때가 지루하다

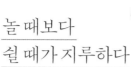 남순 보아라.

무덥지? 이곳도 매우 덥단다.

요즈음 하기방학이라 심심찮게 쉬겠구나.

근데 공부도 더욱 잘하되 집안일도 보살피며 생활해야지?

너무 아이스크림! 케이키! 냉차! 많이 먹지 말고 몸조심해라.

어머님께서도 안녕하시온지?

누님께서도 더위에 수고하시는데 작은 오빠 옛날 깡-파리 오빠가
가만히 앉아 있을 수 없는 판이라 열심히 돕겠지. 큰 오빠께서는
잘 지내는지도 궁금하다. 나도 무던히 잘 생활하면서 친우들과
웃으면서 지낸다.

앞으로 고국에 가려면 3개월 이상 남은 것 같구나. 그땐 오빠도
많이 달라졌으리라 생각해라.

요즈음 오빠는 맥주 마시느라고 죽겠구나. 주니까 마시는 거야.

근데 만재 오빠에게 그 말 취소하라고 전해라. 가면 혼내준다고
말야.

남순아.

요즈음은 전보다 너무도 바빠지는구나. 그것은 말하지 않아도

알 거라 생각한다. 전쟁 나라이고 보면 당연한 소리다.

여유가 있으면 수영도 하지. 시원한 물속으로 돌아다닐 땐 좋지만

임무를 띄고 다닐 땐 얼굴색이 똥색 정도라 할까?

소식 자주 전하려 하지만 제대로 되지를 않는구나.

무더운 고국의 날씨에도 웃음의 가정이 되기 바라며 건강에

유의하라.

*모짜르트 1당 254호 발표.

"세상은 인상 쓰지 말고 웃으면서 살자. 놀 때보다 쉴 때가 지루하다."

태준 오빠가

김태준

아이스크림!

케이키!

냉차!

많이 먹지 말고 몸조심해라.

이 밤만 지새우면
또 전투장으로 가야 하는 몸

from
고진원이
곽준섭에게

👤 아저씨 전상서

일기 고르지 못한 엄동설한에 가정사 수고 많으시겠지요.

아저씨, 아주머님께서는 옥체만강하오시며 집안의 어린 꼬마들은

몸 건강히 잘 자라는지요.

먼 이국의 정글 전선에서 분전하고 있는 진원이는 아저씨 가내의

염려지덕에 산악의 악전고투에도 건강한 몸으로 최전선의

선두에서 분주히 맹호의 특전대로 근무하고 있습니다.

진작 전선의 소식을 전해드리고 싶었지만 분주한 전투생활에

임하고 보니 서신이 늦었군요.

이해하여 주십시오.

종종 아주머님께서 보내주신 서신으로 소식 들었습니다.

저희 가정을 위해서 아주머님이 알찬 노력을 기울여주신다는

소식을 들을 때마다 저는 눈물로써 시간을 보냅니다.

먼 이국의 격전지에서 감사드리옵니다.

아저씨. 고국 일기도 이제는 봄기운이 맴돌고 있겠지요.

그러나 이곳 산악전선은 작열하는 태양열만이 비추고 심한

더위군요.

참으면서 작전에 임하지만 지친 마음입니다.

더구나 저희들은 다른 전우와 달리 약방에 감초격이랍니다.

항상 불안 속에서 생활하는 심정이지만 그런대로 이 전선에서 정을

나누면서 젊음과 청춘을 마음껏 과시합니다.

이곳 군사들은 가슴 속에 내일의 기약 없이 그저 앞을 헤쳐가면서

살아갑니다.

하루의 수색을 마치고 특전대에 돌아가면 그리운 것이 고국의

소식이건만, 허탕입니다.

때로는 짜증도 내고 하여보았지만······.

아저씨.

이 밤만 지새우면 저는 또 전투장으로 가야 하는 몸입니다.

이 시간이 제일 불안하고 초조하고 괴롭답니다.

고향의 부모형제 생각, 갖가지 잡념에 사로잡힌 시간입니다.

벌써 밤이 깊었군요.

내일의 전투를 위해서 누워야겠습니다.

아저씨의 소식 기다리면서, 두서없는 졸문과 졸필 그칩니다.

아저씨 가정의 행운을 빌면서

14일 밤(연도 미상)

진원 드림

소복이 쌓인 히얀 눈이
아파트 앞마당에서 빛나고

from
조카가
박기천에게

👤 아저씨 보세요!

아저씨, 무척 덥죠?!

서울에서는 다른 해보다는 연말연시를 조용하게 보내고, 지금 각 집마다 새해부터 복이 내리듯 하얀 눈이 와 소복이 쌓였습니다. 물론 아저씨 집 앞마당에도 쌓였더군요.

어제는 이역만리 떨어진 월남 전선에서 모든 신경을 곤두세우실 아저씨를 생각하며 병철이와 해방촌에 갔었습니다. 다른 곳보다도 소복이 쌓인 하얀 눈이 아파트 앞마당에서 빛나고 있었습니다. 아주머니는 연말연시를 혼자 보내셔서인지 우리를 무척 반겨주셨습니다. 또릿또릿한 종훈이의 눈은 빛났고 몸은 아주 건강했습니다. 특히 아주머니는 월남에서 아저씨 소식을 갖고 올라올 사람을 무척 기다리고 계시더군요. 앞으로는 저도 자주 해방촌에 들러 아주머니가 심심치 않도록 찾아 뵙고 연락을 자주 하겠습니다.

특히 아주머니는
월남에서 아저씨 소식을 갖고 올라올 사람을
무척 기다리고 계시더군요.
앞으로는 저도 자주 해방촌에 들러
아주머니가 심심치 않도록
찾아 뵙고 연락을 자주 하겠습니다.

아저씨, 월남에 한번 가신 이상 소기에 목적을 달성하세요. 서울 걱정은 하시지 마시고요. 제가 힘닿는 데까지 노력하겠습니다. 항상 위험이 뒤따르는 월남에서 항상 주의를 기울여주세요. 저도 힘껏 하나님께 아저씨의 건강과 즐거운 가정을 위해 빌겠습니다. 정글을 헤치며 다니시느라고 바쁘시겠지만 시간 나시는 대로 소식 전해주십시오.
신년 새해에 만복을 받으시길 앙망하옵니다.

1971. 1. 3.
조카 드림

'달라'를 획득하는 데 전력을 기울이며

from
노덕래가
이장님에게

백설이 휘날리는 엄동설한에 이장님 옥체 만안하옵시며, 고당에 만복을 축원하는 바입니다.

불초 덕래는 남국의 열대지방, 포성이 산천을 울려대는 전쟁의 나라 월남 전선에서 조국의 명예를 걸고 대한의 아들답게 멸공전투에 용전분투하고 있습니다. 모두 이장님을 비롯한 부락 어른들의 아낌없는 사랑과 염려 덕분이 아닐 수 없습니다. 진작 부락 어른들과 이장님께 안부 인사를 드려야 할 줄 알면서 이제야 두서없는 글월을 드려 대단히 죄송하며 넓으신 양해를 얻고자 하는 바입니다.

특히나 파월 가정*에 물심양면으로 많은 성원을 베풀어 주신다니 더욱 고마움에 고개를 숙이는 바입니다. 그에 조금이라도 보답하고자 조국의 명예와 산업경제 발전을 위해 국가 정책에 최선을 다해 불초 본인은 물론 파월 전군이 협세하여 일 푼의 낭비도 없이 '달라'를 획득하는 데 전력을 기울이며 월남인에게 신뢰를 받는 우방군이

되기 위해 온 힘을 경주하고 있습니다. 또한 성원에 더욱 보답하고자 대한의 아들들 가운데 한 사람도 손실 없이 검게 탄 얼굴로 귀국해서 인사할 것을 약속드립니다.

더욱 부락의 발전을 위해 총력을 기울이시는 이장님의 노고에 부락의 한 사람으로서 진심으로 고맙게 생각하는 바입니다. 아무쪼록 맞이하신 금년엔 더욱 만수무강하시와 소원 성취하시옵길 비오며 두서없는 난필을 줄이나이다.

1969. 2. 9.

덕래 올림

＊ 파월장병 가정에 대한 정부 지원으로는 쌀과 각종 선물 등의 물자 지원과 모내기 등의 농번기 때 인력 지원이 있었다.

살면서 그런 날 더러 있다.
곁에 아무도 없다는 생각에
밤새 수다를 떨던 친구가
그리운 날.

아무런 의미 없는 말을 주고받아도 한없이 좋았던,
그런 친구가 그리운 날이 더러 있다.

"그런데 그 전우들도 멍청하지.
우리 인간에게 잠자는 시간은 일찍이 마련되어 있고
정해져 있는데도, 영원히 잠든다니 말이야. 하기야
잠들고 싶어서 자는 것이 아니겠지만. 그러기에 나는
아예 한잠도 자지 않거든."

전쟁터에서 오 개월째 잠이 들지 못했다는 말을
부모님이나 형제에게 할 수 있을까?

아버지가 작고하셨다는 친구에게 보낸 편지다.

"그럼 경진아, 추위에 몸조심하고 조금씩 먹어.

배탈 난다. 알아, 임마?"

친구니까, 친구니까.
그렇게 말해도 눈물이 난다.

학교 보험 때문에 포경 수술을 하러 간 한 친구는

그 와중에 "병원에 있는 간호원 한 명이 얼굴이

삼삼하지요. 그래서 지금 일없이

간호원실 앞을 지나다니지" 한다.

친구니까, 그래 친구니까.
주고받을 수 있는 말들이 참 많다.

김기식과 조병익

고국에
나의 메아리

👤 친우, 병익에게

그동안 잘 있었는지? 자네 편지 받고 얼마나 반가
웠나 모른다네. 물론 내가 자네에게 편지를 하였
어도 답장이 올 것을 기대하지 않았다네. 혹시나
이사를 하지는 않았나 궁금해서 말이야.

그러기에 내가 고향인 남원의 자네 집에 편지를
띄웠다네. 그리고 물론 고향 주소는 정확할 거야.
209번지! 그렇지만 아직은 답장이 없더군.

그건 그렇고 이곳 이 몸은 병익 군이 엄려 거정 하
여준 덕택으로 하루하루를 무사히 지내고 있네.

나에게 부득이 고통스러운 것은 해가 뜨면 해가
질 때까지 땀방울로 목욕을 하여야 하는 것!

또한 무겁고 오바보다도 열 배나 두꺼운 방탄복
을 입어야 하며, 거기에다 언제나 등짐을 지고 다
니는 신세니 말일세.

밤에는 시원하고 달이 밝아 좋기는 하지만.

고향 생각을 하다 보니 돌파리 의사가 어느 사이
에 나에게 덤벼 주사를 놓지 않는가.

그것도 한두 번이면 좋으련만 날이 밝아오도록 주
사를 놓으니 정말 미치겠군.

그건 그렇고 젊은 혈기로써 아니 해병의 기백으
로써 월남전이 재미있기는 하지만 전우들이 하나
둘씩 고통을 느끼며 잠들 땐 등골이 오싹하거든.

나에게도 언제 어느 때 그와 같은 형편이 닥쳐올
지 모르지만……. 그런데 그 전우들도 멍청하지.

우리 인간에게 잠자는 시간은 일찍이 마련되어
있고 정해져 있는데도, 영원히 잠든다니 말이야.

하기야 잠들고 싶어서 자는 것이 아니겠지만.

그러기에 나는 아예 한 잠도 자지 않거든.

벌써 잠을 자지 않은 지도 5개월에 접어들었나 봐. 물론 잠을 자도 눈을 뜨고 자거든. 절대 눈을 감고는 자지 않아.

그런데 월남의 야자수와 바나나, 이름 모를 암초가 우거진 정글을 헤매면서 월맹군을 찾으러 다닐 때는 재미도 있거니와 스릴이 많거든. 특히 야간작전!

병익! 병익의 입장과 나를 비교해봐.

자네는 얼마나 행복하나. 물론 병익은 오늘밤도 다방과 빠(Bar)를 찾아다닐 거야.

그렇지만 이 몸, 생사를 가리지 않고 조국의 명예를 걸고 오늘도 내일도 싸우고 있는 친우를 생각하여서라도 절대적으로 엄금하게. 내가 유엔군의 한 사람으로 임명되어 월남전에 참가한 후 고국과 고향 소식을 편지로써 받아보는 것이 5개월이 가까웠어도 병익 군의 희소식은 불과 12통째라네.

그리고 병익이가 나의 사진을 부탁하여서 내가
휴양을 갔을 때 다낭의 해변 가에서 찍은 사진을
보내네. 어때? 시원스럽게 보이지?
내 옆에는 월남 졸병. 계급은 나보다 높지만 나에
비하면 신병이거든. 다음 서신 연락할 때는 꼭 완
전무장을 하고 찍은 사진을 부칠게.
그런데 역시 이곳 이 몸도 병익의 사진을 원하네.
작년 8월에 고향 휴가 갔을 때 얻은 병익의 사진
은 지금도 간직하고 있다네.
그럼 필을 놓기로 하고. 여러 가지 잔소리와 사연
이 많은 것 같은데 이해하여주게나.

베트남 호이안에서 친우로부터

추신 참! 지금은 1소대에 근무하고 있다네.

그들은 벙어리였어

👤 식군

무사하다 하니 반갑네.

자네 편지를 받고 이곳에서 얼마 멀지 않은 송도 해수욕장의 모래사장을 걸었네.

많은 젊은 쌍쌍들 중에서도 나의 가슴을 아프게 하는 젊은이들이 있더군.

멀리서 걸어올 때는 제법 행복하게 보여서 약간 샘이 나더군. 그러나 가까워지면 가까워질수록 안타깝기 그지 없더군. 그들은 벙어리였어. 자기 뜻을 분명히 말하지 못하고 몸짓과 손짓으로 애써 표현하는 그 사람들이 측은하기 비길 데 없더군.

돌아와 문득 자네 생각이 난 거야. 혹시 이국의 이리띠운 처녀와 위에 말한 커플처럼 열띤 사랑을 속삭이고 있는 건 아닐까 하고 말이야.

자네 고국은 초여름에 접어들어 나무들은 한결 싱싱하고 반면 인간은 나태해가고 있다네.

이젠 조금 있으면 여름이 되겠지. 해수욕장엔 많은 인파로 가득 차고 산은 아베크 쌍으로 꽃동산을 이루겠지. 하늘은 한결 푸르고 말이야.

난 자네가 생각하는 것처럼 난봉꾼은 아니니 안심하게.

자고로 난 파스칼이 말한 '생각하는 자'라고 자부하고 있으니 말이야. 알아듣겠나. 사진은 알맞은 게 없어 차후로 미루고 이젠 안녕할까 하네.

자네의 건안을 믿으며 고국에서.

(연도날짜 미상)

난 자네가 생각하는 것처럼
난봉꾼은 아니니 안심하게.
자고로 난 파스칼이 말한
'생각하는 자'라고 자부하고 있으니
말이야. 알아듣겠나.

이종옥이 조돈민에게

망망대해에 달은 밝게 비추고

👤 민아! 종옥이다.

그동안 여전히 잘 있는지?

방학이라지만 형준이마저 입대했으니 더욱 허전하겠구나! 지루한 항해도 끝나고 이곳에 도착한 지 3일. 벌써 살결이 빨갛게 탔나 보다. 뽀트도 제대로 못 타본 촌놈이 타고 온 배는 'WILLIAM WEIGEL'* 이란 배인데 623ft에다 17,833톤이란 큰 배였다.

망망대해에 달은 밝게 비추고 있었어. 갑판에 옹기종기 모여 앉은 병사들, 너무도 낭만적이고 야릇한 풍경이었다. 드디어 야자수 사이에 신기한 집들이 제법 짜임새 있게 서 있는 퀴논 항에 도착했다.

전장이라지만 어린애들은 몹시 귀엽고 평화롭게 보이기도 했어. 작

---

* 2차대전 당시 미 해군의 군인수송선으로 사용되었고 한국 전쟁과 베트남 전쟁에도 역시 사용되었던 배

망망대해에 달은 밝게 비추고 있었어.
갑판에 옹기종기 모여 앉은 병사들,
너무도 낭만적이고 야릇한 풍경이었다.

은 벌판에 벼가 익고 못자리가 있어서 놀라지 않을 수 없었다.

부대도 미군들과 거의 시설이 같아서 모든 것이 매우 편리하게 돼

있다. 아직 신병이고 부대배치도 오늘 받아서 재미있는 것은 차차

소개하겠다.

지금까지만 해도 쓸 것이 많았으나 아직 마음이 안정되지 않아 우

선 소식 전하는 것이니 기대해보도록.

그럼 너의 행운을 빌며 이만 줄이겠다.

1968. 1. 15.

종옥으로부터

이곳에선
봉투가 쌓이는 것이
제일 큰 자랑거리

👤 총각 선생님께

남국의 작열하는 태양과 전폭기의 폭음 그리고 가끔씩 터지는 포
소리 속에 하루가 지나고 어둠의 장막이 덮인지 오래인가 보군.
산재된 초가집들의 등불도 피곤한 듯 깜박거리고 옆 전우들의 숨결
소리도 한결 깊은 밤을 알려주는구나.
그동안 큰 변화와 함께 무사히 안식을 얻고 있겠지. 보내준 소식도
잘 받았고, 이곳 이국의 나는 조용한 분위기에 잘 있다네.
민의 서신과 함께 충근의 서신도 잘 받아보았네. 휴학을 하여 집에
서 조용히 시간을 보내고 있다는 충근, 편지 한 장 없는 나머지 벗들
을 무척 책망하고 있는 모양이야.
어제는 충청도에서 빨간 봉투가 한 장 날아왔는데 내용이

무척 당돌하고 재미있는 편지였어. 그러나 가끔 오자가 있어서 그리 만족은 못하고 있지.

여하튼 이곳에선 봉투가 쌓이는 것이 제일 큰 자랑거리가 되고 있으니 난들 앉아 있을 수가 있어야지. 모아서 모두 보여줄게, 기대해 봐. 현재 몇 장이냐고? 너무도 미약해서 37통. 그리 희망적인 것은 없는 것 같다.

민아! 그럼 오늘은 이만 줄인다.

다음까지 안녕히…….

1968. 4. 17. 밤

종옥

무던히도 쏟아지는 빗발을 보며

from
권태성이
전표열에게

전 형 보십시오.

안녕하십니까?

1차 편지를 띄운 지도 오래된 것 같습니다. 이제 주소가 결정돼 다시 씁니다.

앞으로 이곳에서 석 달 동안 월남어를 교육받게 됩니다.

그리고 다시 배치를 받는 거죠. 이왕 월남까지 온 바에야 하고 시험 본 것이 이제 발표를 한 셈입니다.

지금도 가끔 형과 배갈 잔을 기울이던 생각을 합니다. 시간이 걸리겠지만 귀국하여 형을 만나면 다시 똑같은 집에서 한잔하기로 약속합니다.

형! 오늘은 무던히도 쏟아지는 빗발을 보며 어이없게 센치해진 자신을 보고 웃어봤습니다. 좀 외롭게 자란 탓인지 마음의 불균형 속에서 지낸 적이 많았습니다. 다 지난 얘기죠.

그런데 형이 부대에 있는지 집에 있는지 몰라 집으로 부칠까 합니다. 부대에는 상국이 편으로 연락하고요.

이제 우기가 본격적으로 시작하여 야간엔 잠바를 입고 지냅니다. 허나 낮엔 무섭게 덥습니다. 사람의 마음만큼이나 변덕스런 것이 월남의 날씨인가 봅니다.

신문을 못 봐 고국 소식엔 캄캄합니다. 바쁘신 시간을 틈타 가끔 소식 주시면 감사하겠습니다. 여유 있는 대로 다시 편지 드리겠습니다.

안녕히 계십시오.

1969. 10. 12.

태성 올림.

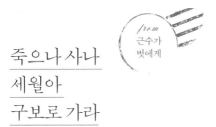

죽으나 사나
세월아
구보로 가라

벗이여 읽어주게.

오랫동안의 헤어짐 속에서 그리워하다 짧은 순간의 만남이었기에

너무도 많은 아쉬움만 간직하고 돌아왔네.

영환!

지금쯤 시험공부에?

신문을 보니까 요즘 데모가 한창인 듯한데 자네들 신변에는 이상이

없겠지? 아마 휴교령을 바라는 마음에 들떠있을 것 같군. 어쩜 휴교

에 묶여 신나게 돌아다니는 거나 아닌지?

기수, 재린 모두 여전하겠군.

생각과는 달리 자네와 기수 사이가 미지근한 듯한 인상이 조금은

마음에 걸리는구만.

좀 더 상대를 위해, 아니 우리 모두의 우정을 굳히기 위해 자신을 죽여서라도 거리를 좁힐 수 있는 용기를 가져주게. 이 글을 기수도 읽어주겠지?

오랜만에 소식도 없이 찾아갔지만 시간에 매인 몸이기에 별로 이야기도 못 나누고 돌아온 것이 무척 미안하고 아쉽기만 하다.

다음 기회를 기다리는 마음으로 이해해주게.

기수도 영환이도 그때는 활짝 열린 마음으로 반겨주길 바라고 싶군.

잠깐 동안 보고 온 학교생활이 여기서는 저 멀리 보이고 한마디로 몹시 부럽기만 하네.

아직도 앞으로 27개월. 까마득한 이 생활이 너무도 고달프고 내 생리에는 안 맞는 것 같아.

저녁에 잘 때면 한숨과 눈물이 절로 솟는 것은 아마 마음이 약해서?

이런 생활에 잠겨보지 않은 자네들은 이해하기가 무척 힘들겠지.

이제 겨울이 찾아오고, 끔찍하기만 하다.

그저 '죽으나 사나 세월아 구보로 가라'만 생각하면서 죽는 셈치고
생활하려니 마음속엔 자꾸 갈등이 생긴다.

이런 소린 어울리지가 않겠군.

어제가 무슨 날인지 혹시 자네들 기억하나?

내 생일이었지. 혼자만 알고 축하하고 감사하고…….

오히려 다른 때보다 더욱 불안한 하루를 보냈다네. 밤에 자려니까
서글프더군. 어린애 같은 생각이겠지만 입대 전의 생일은 그래도 괜
찮았는데…….

타령은 그만 늘어놓고 영환, 기수 모두 삼삼한 여자 하나씩 물었다
가 이 군바리가 귀경 때는 즐겁게 좀 해주게.

미안.

다음에 또 소식 전하지. 잘 있게.

1971. 10. 17.
대구 k-2, 근수

어제가 무슨 날인지 혹시 자네들 기억하나?
내 생일이었지. 혼자만 알고 축하하고 감사하고…….
오히려 다른 때보다 더욱 불안한 하루를 보냈다네.
밤에 자려니까 서글프더군.

낮에 포경수술을 하러 들어왔거든

from
갑중이가
석현에게

석현에게

우중충한 날씨가 마음을 흐리게 하는 것 같구나.

우리는 벌써 또 한 학기가 끝나고 봄방학 중이지.

지금 내가 있는 방은 Arms Sheltering이라는 병원
의 모퉁이에 위치한 방이지.

오늘 낮에 포경수술을 하러 들어왔거든.(학교 보험
이 모든 것을 커버한다기에 공짜로 먹고 자고 자르는
셈이지.)

내일 아침에 수술을 한다고 의사가 와서 알려줬
는데 일없이 마음이 불안하구나.

석현아, 그때 네가 했을 때 상준이와 함께 너의 집
에 가서 수술한 것을 신기하게 구경하던 것이 떠
오르는구나.

생사람을 병원에 집어넣어 놔서 영 갑갑해 죽을

것 같구나. 조금 전에 체온을 재고 피를 뽑아 갔
지. 창밖을 내다보니 조그만 아이가 우비를 걸치
고 마냥 즐거이 어디론가 가는구나.

참, 여기 병원에 있는 간호원 한 명이 얼굴이 삼삼
하지요. 그래서 지금 일없이 간호원실 앞을 지나
다니지. 행여 무어나 좀 걸릴까 해서 말이지.

덩치가 크다고 저녁식사를 extra large로 만들어줬
지만 내 배에는 코끼리한테 비스킷 하나 준 정도
밖에 되지 않는 것 같구나.

딴 수술 같으면 여기 있는 한국 사람들이 위문이나
오겠건만 다름 아닌 생식기 수술이라서 누구에게
알릴 수도 없고 통 벙어리 냉가슴 앓는 격이구나.

이번 주에는 우리 금발머리 아가씨 집에 놀러 가
기로 했는데 이 수술 때문에 싹 조진 것 같다. 지
금 나의 오른손목에도 강아지처럼 꼬리표를 달아
놓았지.

이럴 땐 진정 친구 녀석이 하나 와서 말동무라도 좀
했으면 하는 아쉬움이 마음속에서 파도치는구나.

참, 석현아. 요새 너의 여성관, 아니 여자들 꼬시는
것은 어느 정도 진행 중이냐.

그래, 어디 제수감 하나 물어놨니?

야, 이젠 우리도 스물한 살이 아니냐.

참, 석현아. 너의 생일이 3월 이십 몇 일이지? 정확히 떠오르지가 않는구나. 카드를 보내고 싶으나 병원 밖에 나갈 수도 없고. 좌우지간 너의 생일을 머나먼 곳에서 진심으로 축하한다.

다음 학기에는 전공과목만을 택했기 때문에 무척 바빠질 것 같구나. 이번 학기가 끝나면 곧 3학년이 된다. 3학년 성적은 대학원에 가는 데 크게 작용하므로 부디 좋은 성적을 받아야 할 것 같다. 다음 학기에 택할 Quantitive Method는 미적분 지식이 필요하다는데 한국에서 미적분을 배우지 않은 것이 지금 무척 후회가 된다.

참, 요즘은 타이핑 수업을 택하여 이젠 나의 둔한 손가락도 제법 타이핑을 하는 것 같다.

석현아, 잔뜩 지껄이고 나니 마음이 한결 부드럽다. '개' 아니 '돈'필을 용서해라. 요즘 게을러져서 자주 편지를 못 쓰는데 널리 양해하기를 바란다.

Good Bye from Your Friend.

1969. 3. 21.

갑중이가

행복!
멀리서만 있는 걸까

from
도창환이
원상에게

원상아!

잘 있느냐. 몸 건강히…….

창환인 네 염려 덕분에 무사하단다.

출국 전 한 번쯤 서로 대면하여 대화하고픈 필요를 느꼈으나 생활의
쫓김을 벗을 수 없어 너와 나, 아쉬움만이 심경을 메우는구나.

원상아!

삶의 몸부림이 얼마나 고된지를 느끼고 있단다. 지금의 나는 옛날에
네가 생각한 것과는 다를 것이다.

경제난에 시달려 월남에 왔다면 난 바보고 주위 사람들의 비웃음과
손가락질을 받아야 할 것이다. 월남에 온 것은 생명을 건 나의 인생
전체의 도전이며 이 경험이 내 삶의 토대가 될 것이다. 벌써 이부터

주어진 남은 1년의 시간,

생각하고 느끼고 익혀 참다운 사회에

도전하려 한다.

자존심, 프라이드, 의욕이 가득찬

창환이가 되어보려 한다.

가 배우는 것이다. 담력, 이것은 세상을 살아가는 데 없어선 안 될 필수 조건일 것이다.

주어진 남은 1년의 시간, 생각하고 느끼고 익혀 참다운 사회에 도전하려 한다. 자존심, 프라이드, 의욕이 가득찬 창환이가 되어보려 한다.

언젠가 청량리역 앞 식당에서 네가 말해준 케네디의 명언이 생각난다. "실천에 앞서겠노라"고. 창환이는 이제 인생 속을 탐험하며 하나둘 정복할 것이다. 참다운 일엔 굴복하고, 힘에 겨운 일 없이 불가능을 긍정으로 만드는 창환의 세계를 만들어보고 싶은 것이다. 내가 있는 월남에서! 이 모두가 내 것이라고 난 생각한다.

원상아! 너무 정직하게 속속들이 털어놓는 느낌이구나.

언제고 목에 칼이 들어와도 할 말은 해야 하는 성격을 가진 놈이 아니냐. 이해 바란다.

원상아! 너만을 바라보는 가족! 힘에 벅찬 줄 안다. 고생이 많겠지. 모두 모두가 죄만을 짓는 것 같다.

행복! 멀리서만 있는 걸까, 정녕! 결코 그렇진 않을 것이다. 꼭 올 것이다. 그날을 기다리기보다는 정복하여보자.

가족의 평안과 너의 건강만을 빈다.

1968. 12. 21.

창환

 추신

1. 교육을 받으며 몇 번에 걸쳐 서신을 보냈는데 무소식이더구나.

   광호, 성숙이에게 전해라. 바쁜 생활에 몸 건강하냐고.

2. 예순 누나께 편지 띄웠다.

from
오석훈이
이경진에게

자네 아버님이
작고하셨단 소식을 듣고

🧑 그간 추위에 잘 있었니?

보내준 카드는 옛날에 잘 받았다.

나는 저번에 다른 친구에게서 자네 아버님이 작고하셨단 소식을 듣

고 편지를 어떻게 써야 좋을지 몰라 한참 망설였구나. 내가 너에게

어떠한 자세를 취해야 할지를 몰라서 말이다.

정말 안됐다. 그렇다고 실망할 네가 아니니까, 절대로 실망하지 말고 너의 꿋꿋한 성질을 살려 이 사회의 기둥이 되어보아라. 너에게 주의를 주는 것처럼 보이는데, 어디까지나 나는 월남에 햇수로 3년째 있는 쟁쟁한 고참의 관록이 붙어 있는 한 너에게 훈계를 해야겠구나. 하하하.

경진아, 사람이란 누구나가 겪는 일이니 그렇다고 너의 의지를 조금이라도 굽혀서는 안 된다. 내 말이 좀 이해가 안 갈 것이다. 그러니 너도 공부 잘하고 나의 말씀 잘 들어라.(아닌가?) 하하하.

그럼 경진아, 추위에 몸조심하고 조금씩 먹어. 배탈 난다.

알아, 임마?

1968. 1. 3.

훈이

정말 안됐다.
그렇다고 실망할 네가 아니니까.
절대로 실망하지 말고
너의 꿋꿋한 성질을 살려
이 사회의 기둥이 되어보아라.

우리 마누라 봤니?

from
권상수가
김○○에게

👤 ○○전

그간도 군 생활에 별고 없겠지. 그 육중한 몸에 생활하려니 고생이

많겠네. 차차 지내보면 그런 대로 멋도 있고 스릴도 있는 법이오.

오늘 충회한테 편지가 왔었네. 매우 반갑더군. 그래도 살아 돌아오

라고. 위안의 서신을 받고 보니 매우 반가운 마음 금할 길 없네. 그

저 고마움뿐이오.

자네가 원하던 라디오 말일세. 우리 PX에 아직 나오지가 않아. 앞으

로 나오면 휴가 사병 편으로 보내주겠네. 그런데 원주까지 가는 사

병이 있으면 보내주겠다만 서울 지방으로 가면 곤란하지 않겠나.

혹시 서울 주소라도 있으면 다음 편지에 주소를 명확히 적어주면

좋겠네.

○○이, 군 생활이 고되지? 용기 있으면 이곳 나 있는 데 올 수 없을는지? 그런 생각은 없겠지만 올 수만 있다면…….

○○이, 충회가 너를 놀리더라. 뚱뚱보, 방한모를 쓰고 다니는 모습이 가관이더라고. 사진 있으면 한 장 보내줄 수 있을는지? 나도 최근 사진 보내줄 터이니 말이야.

우리 마누라 봤니? 입 크고 볼품은 없으나 이곳 나한테 편지 오는 것을 보면…… 기막히게 써온다.

죽도록 보고 싶다고, 그리고 죽도록 사랑한다면서 빨리 돌아오라고 안달이 이만저만이 아냐.

실은 나도 보고 싶다만…….

1968. 4. 13.

닝호아에서 수 드림

죽도록 보고 싶다고.

그리고 죽도록 사랑한다면서

빨리 돌아오라고 안달이 이만저만이 아냐.

실은 나도 보고 싶다만…….

수집을 시작한 지도 벌써 수십 년이 지났다. 처음에는 그저 좋아서,

신기해서 모았던 것들인데, 자세히 살펴보니 편지 한 통마다

다른 사연과 다른 이야기가 담겨 있었다.

15만 통의 편지에는 15만 개의 사연이, 15만 개의 사연에는 그보다

더 많은 감정들이 담겨 있다.

편지 15만 통을 수집했다고 하면, 사람들은 편지를

다 읽어보았느냐고 묻기도 한다. 물론 그 방대하고 아름다운

이야기들을 다 읽어보지는 못했다. 하지만 어떤 편지들은

한 번 보면 기억에서 사라지지 않는다. 특히 한국전쟁에서 사망한

장병들의 사망통지서를 마주치게 됐을 때, 그 감정은 말로 표현할

수 없었다. 이런 자료는 전사자의 부모나 가족들에게 직접 전달된

것들이라 구하기 어렵다. 우리나라는 특히 죽은 자식들 유품은

소각해서 망자의 마지막 길을 기린다. 부모는 그렇게 먼저 간

자식을 가슴에 묻는다. 그러니까 내가 수집한 편지들은,

사랑과 슬픔이 함께 섞여 있다. 이 모든 감정과 슬픔을 모두 읽기는

힘들다.

누군가는 어디서 구했냐고 묻기도 한다. 사실 수집가들은 수집한 경로를 상세히 밝히지 않는 것이 불문율이다. 희소성이나 희귀성의 가치가 중요하기 때문이다.

대게 수집품들은 이베이나 코베이 같은 온라인, 오프라인 경매를 통해 구하고, 중개상이나 골동품상, 벼룩시장 등을 통해 취득하기도 한다. 나는 지방이나 해외에 나갈 일이 있을 때마다 지역의 벼룩시장이나 야시장, 골동품 시장을 부지런히 찾아다니며 편지를 모았다.

처음부터 편지를 수집했던 것은 아니었다. 처음에는 우표를 모았다. 내가 초등학생이던 70년대에는 다양한 기념우표들이 발행됐는데, 어린 눈에 그것이 그렇게 신기하고 근사해 보였다. 그렇게 우표를 모으다 보니, 시대별 우편 제도와 디자인에 관심을 갖게 됐고, 자연스럽게 소인이 찍힌 편지 봉투 수집으로 이어지게 됐다.

그 수두룩 펼쳐진 감정들이 담긴 봉투와 그 봉투에 붙은 우표는
또 어떤가..우표의 자취를 따라가다 보면, '대전'의 지명이 한동안
'태전'으로 표기됐다가 경부선이 생기면서 '대전'으로 변경되는
것을 볼 수 있다. 이 흐름을 계속 거슬러가다 보면, 청일전쟁 중
군수물자 수송을 위해 대전-서울 노선이 건설되었다는 것도
발견할 수 있다. 그러니까 편지에는 개인의 삶과 삶의 모습, 그리고
역사가 담겨 있다.

베트남에 파병을 간 한 병사의 편지가 선명하게 기억에 남는다.
"나는 월남에 와서 죄를 많이 지은 것 같아. 짐승이 아닌 내가
사람을 많이 죽였으니 말이야. 그러나 내가 먼저 죽이지 않으면
오히려 내가 먼저 죽기 때문에 내가 살기 위해서는 어쩔 수 없었어.
이것이 모두 큰 죄가 될 것 같아."

어쩔 수 없이 역사를 짊어져야 했던 한 청춘, 그 마음.

이런 사연은 어떤가.

"우리 마누라 봤니? 입 크고 볼품은 없으나 이곳 나한테 편지 오는 것을 보면, 기막히게 써온다. 죽도록 보고 싶다고, 그리고 죽도록 사랑한다면서 빨리 돌아오라고 안달이 이만저만이 아냐. 실은 나도 보고 싶다만……."

한 시대와 한 시대를 겪은 사람들 각자의 이야기들, 사랑과 슬픔이 뒤섞여, 벅차기까지 한 어떤 날들의 이야기들. 내가 수집한 편지 중 골라서 엮은 이 편지들을 독자에게 보낸다.

이인석